마음틴틴 13

극복하고 싶지 않아

김혜정 문이소 박영란 박하령 황유미

마음이음

차 례

:

금을 긋다

∶

박 하 령

∶

기분 완전 더럽다. 욕이라도 할걸! 아무 말도 못 한 내 자신에게 화가 난다. 하지만 그 순간엔 머리가 마비된 기분이었다. 뭐, 앞뒤 정황도 없이 뜬금없이 주먹질을 해 대는데 안 맞을 사람이 어디 있겠냔 말이다. 맞다! 그건 일종의 주먹질이다. 물론 그 사람은 온전한 선의로 한 말이겠지만, 받는 내가 아니면 아닌 거다. 고양이가 선의랍시고 징그러운 쥐를 주인에게 잡아다 주는 것과 비슷하다.

학교 근처 쇼핑몰 앞 버스 정류장에서 엄마를 기다리고 있었다. 이미 짜증이 난 상태였다. 엄마가 시간 계산을 잘못해서 30분째 기다리고 있었으니까. 그런데 엄마가 또 진입로를 잘못 들어섰다며 조금만 더 기다리라고 전화를 했다. 난 발끈했다.

"뭐야! 10분이나 더?"

그때 정류장 안쪽에 있던 여자가 고개를 틀어 나를 봤다. 그조차도 신경이 거슬렸다. 다른 사람들은 거의 다 핸드폰에 얼굴을 박고 있는데, 그 여자는 아까부터 계속 나를 힐끗댔었으니까. 그걸로 끝이 아니었다. 전화를 끊고 숨을 고르려는데 누군가 내 어깨를 잡았다. 어깨에 닿은 후끈한 열기부터 기분 안 좋았는데, 내 휠체어의 방향까지 맘대로 돌려서 놀라 고개를 들어 보니 또 그 여자였다.

"학생, 힘내요. 몸이 불편한 건 아무것도 아니야. 열심히 살아야 해. 알았지?"

'뭐라는 거야?'

당혹감에 미처 정신을 추스르지도 못하고 있는 사이, 그 여자는 막 도착한 버스에 냉큼 올라탔다. 그러곤 창가에 서서 내게 '파이팅!' 하고 손짓한다. 아마 자기가 탈 버스가 곧 올 거란 걸 알고 내게 대사를 날린 것이리라.

'씨~발.'

난 속으로 뇌까렸다.

'대체 뭘 파이팅하라는 거야?'

물론 진심인 건 안다. 그 여자 눈동자에 이슬 같은 게 그렁그렁 맺혀 있었으니까. 하지만 그건 그 여자 사정일 뿐이다. 여자의 진심과 무관하게 내 안에서는 울컥울컥 울분이 올라온다. 최대한 참아 보지만 화가 나 급기야 눈가가 벌게진다. 그 여자는 지금쯤 자기가 한 선의의 말에 자족해서 흐뭇해하고 있으리라. 그리고 제3의 누군가는 이 상황을 지켜보고 그 여자의 선의에 내가 감격하고 있다고 착각할지도 모른다. 세상 도처에 오해가 널려 있다. 이곳에서 최대한 빨리 사라지고 싶어 미칠 것 같던 즈음 엄마가 도착했다.

차 안에서 내내 불퉁한 나를 보고 엄마는 어쩔 줄 몰라 했다.

"해인아, 미안해."

"강해인, 야~ 화 풀어. 응?"

"치킨 시켜 줄까?"

엄마는 죄인이라도 된 듯이 시종일관 비굴한 태도를 보였다. 하지만 난 엄마 때문이 아니라고 말할 여력이 없었다. 아슬아슬했다. 부실하게 쌓아 올린 젠가가 된 기분이라 여차하면 와르르 무너질 것 같아 입을 꾹 다물고 있었다. 다들 그러겠지?

'그게 뭐가 그렇게 화가 나?'

좀 전의 상황을 털어놓으면 엄마조차도 나의 피해 의식이라고 이야기할 게 뻔하다. 인젠가 누나도 나한테 그랬다.

"야! 넌 뭘 그렇게 매사에 꼬여 듣냐?"

하지만 이건 내 입장이 되어 본 자만이 안다. 휠체어를 타고 다닌 지 1년이 되어 간다. 사고로 장애 판정 진단서를 받아 장애인 등록을 하고, 지체장애 2급이 찍힌 복지 카드를 갖게 된 지 1년이 되었단 소리다.

휠체어를 타기 전의 나를 아는 사람들이 아까처럼 내게 '힘내!'라는 식의 격려를 하는 건 접수가 된다. 왜냐? 그들은 나의 히스토리를 아니까. '사고가 나서 하루아침에 저렇게 되었대.' '전엔 농구도 무지 잘했다더라.' '공부도 잘하고 심지어, 중학생 땐 교복 모델도 했다던데?' 등의 배경지식이 있는 이들일 테니까. 그게 측은지심이든 하다못해 호기심 섞인 동정이라 해도 인간 관계상 그들이 주는 말은 잘 받았다. 최대한 정중하고 예의 바르게. 다른 학년 선생님이나 얼굴도 모르는 중학교 후배란 여자애가 '선배님, 힘내세요.'라면서 과자를 주면 약간의 오버까지 곁들이면서 환하게 웃어 줬다. 물론 속까지 다 편한 건 아니지만 말이다.

그렇지만 오늘처럼 생판 모르는 사람이 아무 맥락 없이, '느닷없는 파이팅'을 건네면 모멸감을 느낀다. '그럴 수도 있지! 좋자고 한 소리에 뭐가 그렇게 기분이 나쁘기까지 하냐?'고 따지고 들면 구체적으로 조목조목 대답할 자신은 없다. 아무튼 그렇다. 내 마음이 그러면 그런 거다. 내 마음이 괜히 그럴 리는 없으니까.

"근데 형우랑은 진짜 싸운 거야?"

"……."

"형우 고마운 친구인데……. 그냥 잘 지내지."

엄마는 자신의 희망 사항으로 형우와 잘 지내기만 바랄 뿐 실제로 무슨 문제가 있는지는 더 묻지 않는다. 내가 그랬듯이. 지금 내게 형우 문제는 간단치 않다. 데드라인에 와 있다.

"오늘 같은 날 형우가 있었으면 얼마나 좋아?"

"아 씨!"

난 소리를 벌컥 질렀다.

사고가 난 뒤, 병원 생활을 마치고 장애 등급을 받기 직전까지는 현실이 현실로 와닿기 전이라 정말 비현실적인 시간을 보냈다. 꿈 같은 시간이란 표현은 좋을 때만 쓰는 게 아님을 알았다. 꿈에는 악몽도 있으니까.

잠으로 도피하거나 눈물범벅으로 하루를 보내기도 하고, 눈앞의 모든 것들에 울분을 쏟아붓는 폭력의 시간과 우울의 쓰나미로 주변을 덮어 버리는 일상이 반복되었다. 물론 그 피해자는 가족이었다. 엄마, 아빠, 누나, 강아지 하몽이. 모두 내가 질러 대는 고함이나 분풀이를 전전긍긍하면서 다 받아 줬고 난 그게 당연하다고 생각했다. 세상이 끝나지 않았는네 세상이 끝난 것보다 더한 일이 오롯이 내게만 와 있었다. 차라리 세상이 다 같이 끝났으면 좋으련만……. 간절히 지구 종말을 기원하면서 잠들었는데 종말은커녕 눈치 없이 환한 아침 햇살이 내 머리꼭지를 달궈 대서 눈을 뜨면 저절로 욕이 나왔다. 까인 이마 또 까인 기분이랄까? 그보다 더 구차하고 치욕적인 건 비관적인 생각으로 삶을 포기하겠다며 다짐하고 자다 깼는데, 내 머릿속에 치킨이랑 피자가 팝업처럼 불쑥 떠올라 있을 때다.

그 날도 뽕망치라도 있으면 마구 패 버리고 싶을 정도로 리얼하게 자극적인 치킨 영상, 나를 시험에 들게 하는 그 영상에 굴복해서 결국 엄마에게 카톡으로 부탁했다. 맛나게 닭날개 살을 요리조리 돌려 가며 발라 먹고 있는데 하필 누나가 들어왔다. 콜라와 얼음을 놓고 나가는 누나를 향해 난 욕을 퍼부었다. 무안해서였을 거다. 아니, 그냥 그래 왔던 대로 빨리 나가라고 손에 잡히는 쿠션을 던졌다.

한참 뒤, 다 먹은 그릇을 치우러 들어온 누나는 대뜸 몸을 틀더니 한 번도 본 적이 없는 적의가 드글드글 끓는 눈빛을 내게 쏘아 대며 말했다.

"야! 인제 그만해 새끼야. 네 인생이야 네가 겪는 거지만, 톡 까놓고 난 내 일도 아닌데 왜 이렇게 오래 힘들어야 해? 너 땜에 우린 뭐야? 내 삶은 어쩌라고!"

네 인생, 내 인생 갈라 먹기 하자는 누나의 말도 충격적이었지만 누나의 얼굴에서 발광하던 느낌이 너무 인상 깊어서 순간 멍해졌다. 원래 말보다 느낌이 더 강렬한 법이니까. 누나는 자신의 삶을 열렬히 사랑한다고 외치고 있었다.

'난 내 삶을 지키고 싶다고!'

난 누나의 그 마음이 훔치고 싶을 만큼 부러웠다. 스케이트보드 대회에서 1등 할 거라며 새벽마다 공원 마당을 벅벅 긁어 대며 연습하던 찬호의 절절함과 비슷한, 누나의 삶에 대한 열렬함이 나를 자극했다. 덕분에 나도 내 인생을 챙겨야겠다는 오기가 생겼달까?

처음엔 한참 달군 쇠막대기로 내 심장을 찌르는 듯한, 팩트 폭격이 무지 아팠다. 사고 직후 병실로 달려와 나를 부둥켜안고 대성통곡해 병실 밖으로 쫓겨나기까지 했던 누나가 어떻게 저럴 수 있나 야속하고 서운했다. 그런데 신기하게도 그 말을 들은 이후 난 서시히 마음이 냉정해졌다. 마냥 뭉그러져 있던 마음이 냉동 칸의 얼음처럼 고체가 되어 가면서 생각이 정리되었다. 비로소 가출한 이성이 내 머릿속으로 다시 들어와 안착한 느낌이 들었다. 웽, 시운전하는 소리와 함께 '걷지 못하는 나로 살아야 한다'는 현실을 받아들였고, 다음 날 장애 등급을 받으러 병원에 갔다. 그때 처음 알았다. 달달한 위로보다 때론 뼈 아픈 팩트 폭격이 치유의 지름길이 되기도 한다는 걸.

다음 단계로 학교 문제를 두고 고민했다. 다니던 곳으로 돌아갈 것인가, 다른 곳으로 전학 갈 것인가의 갈림길 앞에서 엄마는 이사라는 카드를 주장했다. 모든 게 달라진 일상을 내가 다시 접하는 게 얼마나 당혹스러울지, 애들이 전과 다르게 대해서 내 마음이 다칠까 봐 이사를 가자고 했지만 난 바로 그 이유로 이사를 반대했다.

초등학생도 아닌데 대놓고 전과 다르게 대할 리도 없을 텐데 그럴 바에야 '장애인이 아니었던 나'를 아는 애들이 유리할 거란 생각을 했다. 생뚱맞게 낯선 동네에서 장애인으로 등장하는 삶 보다야 살던 데가 상처를 덜 받을 거란 계산이었다. 물론 이런 내 생각을 입 밖으로 꺼내진 않았다. 약간 쪽팔리기도 했고 내 마음 저변엔 '저들은 절대 모를 거야'란 마음으로 금을 긋는 기 분이 들기도 했다.

금을 긋는 일, 그건 별것 아닌 것 같지만 아주 분명하고도 큰 일이다. 0.1밀리 샤프심으로 그은 얇고 가는 금 한 줄에도 글자 들이 아래로 떨어지지 않는데, 하물며 내가 그은 마음의 경계선 이 어찌 이런저런 여파를 남기지 않겠냔 말이다.

처음 누나의 말로부터 시작된 금, 그건 양날의 검과 같았다. '내가 아니면 다 남'이라는 생각으로 스스로 서야 한다는 당위성 에 내 자신이 여물어지고 단단해지기도 했지만, 한편으론 금 밖 의 그들을 밀어내려는 마음에 난 더없이 고립된 기분이 들어 우 울해지기도 했다. '난 장애인이고 저들은 아니니까' 하는 마음이 도드라지면 영원히 섞이지 않는 물과 기름이 머릿속에 그려지곤 했다. 굳이 우열의 문제를 떠올리지 않아도 다소 아픈 금.

금을 긋는 일은 학교에서도 계속되었다. 난 그들과 달라서 더 열심히 공부했고, 그들과 다르기 때문에 더 괜찮은 아이여야 했다. 사고로 다리를 잃은 아이가 어떻게 무너져 가는지를 절대 보여 주고 싶지 않았다. 적어도 내가 침몰하는 배를 탄 건 아니라는 것 정도는 보여 주고 싶었다. 지금 생각하면 그렇게 작위적으로 보여 주는 삶이 필요했을까 싶지만 말이다. 그게 나를 위한 건지, 그들을 위한 건지, 뭔지는 잘 모르겠지만 내 머릿속엔 늘 두 개의 영사기가 돌아갔다. 진솔한 나와 보여지는 나를 위한 두 개의 필름을 위해 난 분주했다.

  그러다 형우를 알게 되었다. 학교에 다시 나가게 된 지 얼마 안 되었을 때다. 등하교는 엄마가 해 줬지만 수업 중간중간에 위아래 층으로 이동하는 게 문제였다. 특히 체육 시간이나 재량 활동 시간에 운동장 끝에 있는 강당이나 특활실로 가는 게 제일 힘들었다. 다른 건물로 연결된 램프로 돌아가면 되지만, 난 휠체어 초보 운전자라 누군가 밀어 주지 않으면 시간이 오래 걸렸다. 그러자 담임 샘이 조회 시간에 반 아이들에게 나를 도와줄 누군가가 필요하다고 말했다. 긴 서두 없이 담임 샘은 한쪽 손을 올리며 물었다.
  "자, 지원자! 손 들기."
  그 순간 난 괴로웠다. 담임의 말이 떨어짐과 동시에 이후의 상황이 유추되었기 때문이다. 아무도 지원하지 않을 때 벌어질 일이 두려웠다. 주번이나 순번을 만들어서 강제로 나를 떠맡길지도 모른단 상상과 더불어 담임이 봉사 점수를 조건으로 내걸지도 모른단 생각에 오금이 저려 올 즈음, 누군가 "저요!" 하며 손을 들었고 아이들은 일제히 "워~." 하고 환호를 질렀다.

난 조용히 한숨을 내쉬었다. 나를 처치 곤란으로 내팽개쳐지지 않게 해 준 형우란 애에게 진심으로 고마웠다. 담임 역시 내 마음을 헤아린 건지 지원자에 대해 큰 호들갑을 떨지 않고 쿨하게 "어! 신형우, 좋아!"로 상황을 접수하고 나갔다. 그리고 그날부터 형우는 자연스럽게 나를 도와줬다.

구김살 없는 표정의 형우가 흔쾌히 콧노래까지 불러 대며 내 휠체어를 밀어 줬지만 정작 나는 너무너무 복잡했다. 형우가 고맙지만 한편으론 자존심이 상했다. 왜 형우여야 하는지 명분이 없었으니까.

나와 친했던 현욱이거나 민성이라면 자연스러웠을 것이다. 하지만 그 애들은 촌각을 다투며 공부하는 애들이니 나를 위해 봉사할 의사가 없었으리라. 이해한다. 솔직히 나였어도 지원하지 않았을 테니까. 형우가 덩치라도 컸으면 좋으련만. 그렇다면 나름의 명분이 설 텐데……. 난 속으로 명분을 찾아 헤맸다. 형우가 나를 위해 이런 일을 하는 게 자연스러울 수 있는 명분, 생각도 못한 애의 도움을 받는 게 자존심 상했다. 우정도 뭣도 아닌 그냥 동정을 받는 기분은 별로니까. 그때 내 머릿속을 들여 다봤다는 듯이 형우가 말했다.

"야, 우리 초중등 동창인 거 알아?"

그 말 한마디가 나를 살렸다. 난 호쾌하게 대답했다.

"알~지."

솔직히 난 형우를 몰랐다. 아니, 인지는 하지만 마음에 담아 본 적은 없었다. 형우는 내게 존재감 없는 아이였다. 공부도 못 했고 주로 변방에서 떠돌던 아이였다. 그러니 그 애와 교집합으 로 남을 기억이 없다. 하지만 난 부지런히 기억을 뒤적였다. 뒤적 인다고 나올 기억은 아니건만 아무 말이나 낚싯밥 던지듯 던졌 다.

"맞다, 너 정수호랑 친했지?"

"아니."

"진성학원 다녔냐?"

"아~니."

"우리 중학교 때 농구 시합할 때 너 공설운동장 왔었냐?"

"아니."

애써도 되지 않을 일에 내가 땀을 빼다 말 즈음, 형우가 밝은 표정으로 말했다.

"나 초등학교 때 너희 집에 가 봤다."

"뭐? 레알?"

초등학교 때, 형우 아빠가 인테리어 가게를 하셨는데, 우리 집 베란다 유리를 갈아 주러 올 때 형우도 왔었단다. 나와 우리 집 마당에서 반나절은 놀았다면서 기억나지 않는 이야기를 줄줄 늘어놓았다.

"그때, 너희 집에 하얀 강아지가 있었어."

"아! 맞아. 우리 주택 살 때⋯⋯. 해피, 걔 쬐끄만 게 되게 사박스럽게 짖었는데."

너무 기뻤다. 그것만으로도 난 물에 빠지지 않을 지푸라기라도 잡은 것 같았다. 난 형우와 친해지기 위해 과거도 꺼내고 이것저것 주머니 속 모든 걸 다 꺼냈다. 친해야 하고 친한 척이라도 해야 했으니까. 우리가 연대를 이뤄야 내 휠체어를 미는 일이 자연스러워질 것 같았으니까. 그렇게 나와 형우는 애써 친해지게 되었다.

형우는 키도 작고 얼굴도 동글동글해 유순한 애인 줄 알았는데 지내다 보니 거친 데가 있어 나를 당황스럽게 했다. 내게는 한없이 친절했지만 휠체어를 밀 때 앞에서 누군가 걸리적거리면 형우는 거침없이 "새끼들아, 비켜!"라고 소리를 지르곤 했다. 내가 무안해질 정도로. 급식 줄을 설 때엔 새치기도 했다.

"야! 이건 아니지."

내가 정색했지만 형우는 당당했다.

"됐어. 이 정도 배려는 하는 게 맞는 거야. 학교는 그런 걸 배우는 데라고. 짜식들이 말야. 니들이 알아서 먼저 양보를 했어야지, 안 그냐?"

내가 고맙단 인사를 해서인지 아이들은 형우 말에 비실비실 웃으며 선선히 자리를 내 주었다. 그 일이 처음엔 불편했지만 나 역시 서서히 익숙해져 갔다. '니들이 나보다 상황이 나으니까'란 생각이 내 안에 자리 잡았고, 형우는 형우 대로 자신이 좋은 일을 하는 것에 대한 자부심으로 거침없어지고 있었다. 우리 둘의 이런 생각이 합쳐져 서서히 하나의 권력이 되어 가고 있는 줄은 꿈에도 몰랐다.

어느 날 형우는 인터넷을 뒤지다 학교에 장애인을 위한 엘리베이터 설치가 의무 사항이라며 흥분하기 시작했다.

"이것 봐, 도 교육청에서 모든 초·중·고교에 장애인 승강기 설치를 약속했다잖아. 근데 지금 10프로 정도가 진행이 안 된 건데 우리가 거기 속했네."

"순서대로 해 주는 건가?"

"그걸 언제 기다려? 해 달라고 떠들어야지."

하지만 교육청 쪽에서 일에는 절차가 필요하니 기다리라고 했다고 샘이 전했다. 나는 그러려니 했는데 정작 형우가 난리를 치기 시작했다.

어느 날 수업이 끝나고 아이들이 하나둘 흩어질 즈음, 대뜸 교탁에 선 형우는 엘리베이터 설치가 시급하다는 이야기와 더불어 종이를 돌리며 이름을 적으라고 했다.

"우는 애기 젖 준단 말도 있잖냐? 그러니 우리가 해인이를 위해 뭐라도 하자는 거지, 안 그냐? 글고 이건 우리 반 애들 이름 만으론 안 되니까 다른 반 친구들한테도 받아 와."

형우의 말에 집중하는 애들은 몇몇이었고 뒷자리 애들은 자리에서 일어나 어수선하게 움직이고 있었다. 그때 갑자기 형우가 큰 소리를 치기 시작했다.

"거기 이규상, 뒷문 닫아! 주혜나, 너도 자리로 가서 앉아. 너, 너 니들도 빨리 앉으라고. 주목! 주목!"

서슬 퍼런 형우의 목소리에 놀라 아이들은 하나둘 스멀스멀 앉았다. 하지만 여기저기서 투덜대는 소리가 또렷하게 들렸다. "쟤 뭐냐." "미친 거 아냐?" "지가 뭐라고 저래?" "뭔 감투 쓴 줄?" 등등. 그렇다고 그 타이밍에 내가 나서서 형우를 말리는 것도 우스웠다. 하지만 형우는 개의치 않고 다시 소리쳤다.

"니들 인생 그렇게 이기적으로 살래?"

그러자 아까 형우에게 이름을 불린 규상이가 밸이 꼴린다는 어투로 빈정대기 시작했다.

"한 명 쓰자고 엘베 설치하는 건 국가적인 낭비 아니냐? 글고, 신형우, 너 꼴랑 일 좀 한다고 니 놈이 남의 인생을 통틀어 평가할 일은 아니지. 니가 뭔데?"

"뭐야 새끼야?"

그 소리와 함께 뭔가가 교실 한가운데를 가로지르는 것 같더니 뒷문 쪽 기둥에 걸린 시계가 떨어졌다. 플라스틱 벽시계지만 바닥으로 떨어지는 소리는 그 존재감이 가히 대단했다. 놀란 여자애 몇이 동시에 비명을 질렀기 때문에 더욱 그랬다. 마침 복도를 지나가던 사회 샘과 뒤이어 들어온 담임 샘에 의해 상황은 정리되었다. 형우는 책을 던진 행동 때문에 혼났고 규상은 이기적이라며 한 소리를 들었다. 하지만 그 여파는 컸다. 사회 샘이 규상을 향해 남긴 말 때문이다.

"이규상, 너 앉은 자리에서 풀도 안 나겠다. 친구 위하자는 일에 사인해 줌 되는 거지. 그걸 튕겨?"

아이들은 규상에게 '안풀남'이란 별명을 달아 주었고, 규상은 이기적인 캐릭터 이미지의 꼬리표까지 갖게 되었다. 그 일로 한때 나와 친했던 규상이와의 사이가 껄끄러워졌다. 나로선 원치 않은 일이었는데 이상하게 꼬이기 시작했다.

"규상이 그 새끼 재수 없지 않냐? 한 명 쓰자고 뭐?"

형우가 내게 규상이 욕을 강요했지만 나는 형우의 강압적인 행동에도 문제가 있었음을 알기에 선뜻 동조할 수 없었다.

"그냥, 그 애의 의견인 거니까."

내 말에 형우는 눈을 부라렸다.

"야! 강해인, 너만 졸업하면 끝인 학교냐? 이게 너만의 일인 거 같애?"

"아, 그렇구나. 그 생각은 미처 못 했네."

"그니까 규상이가 이기적인 새끼인 거야. 그런 놈은 밟아 버려 야 해. 그래, 안 그래?"

"어⋯⋯."

규상을 몰아세울 생각은 없었는데 적이 없는 곳엔 동료도 없 기에 나 역시 형우와 일치단결해야 했다. 난 형우와 동료여야 하 니까. 규상이도 순한 애가 아니다 보니 그 뒤로 형우와 규상이 의 감정 실랑이는 만만찮았다. 별것도 아닌 것에 형우는 규상 이를 험담했고, 대놓고 반 애들에게 동조를 구했는데 형우는 선행 이미지가 굳은 터라 아이들도 자연스럽게 형우 편을 들었 다. 형우를 따르는 애들도 몇몇은 생기기 시작해서 우린 학교 안에서 서너 명씩 무리를 지어 다니기도 했다.

정말 이상한 건 규상이란 적이 생긴 뒤로는 형우와 나는 동지 애로 더 끈끈해지는 것 같았다. 아니, 이젠 동지애만이 아니라 서서히 형우가 나의 어미 새라도 된 것 같은 기분이 들었다. 형 우가 없으면 내가 아무것도 못 할 지경이 되어 버렸으니까. 그즈 음 엄마는 외할머니의 병원에 들락거려야 해서 형우에게 나를 부탁하는 일이 많아서 더 그랬던 것 같다.

그러던 어느 날 늦은 밤에 형우에게 톡이 왔다. 처음엔 내일 학원 특강이 오후 몇 시냐고 물어 왔다. 미안하기도 하고 고맙기도 해서 허겁지겁 답을 했다.

  - 9시, 가능? 끝날 땐 아빠가 옴.
  - 오키오키. 어차피 나도 약속 있어.
  - 고맙.
  - 부탁 있음.
  - 뭔데.
  - 돈 좀 꿔 줘.
  - 이번 주 꺼 다 써서 없는데.
  - 없어도 있게 만들 수 있잖아.

'없어도 있게 만들 수 있다'는 말은 있어야 한다는 말이다. 상대는 형우라 거절할 수 없었다. 그동안 소소한 부탁도 들어주고 밥값도 항상 내가 냈지만 그게 불편하단 생각은 한 번도 한 적이 없었다. 엄마가 그러라고 체크 카드도 줬고 '치러야 할 몫'이란 표현도 했다. 하지만 이런 식의 현금 요구는 처음이었다.

  - 얼마?
  - 성의껏.
  - 언제 갚을 건데?
  - 솔까 갚을 능력은 없고. 쓸데가 있어서. 나쁜 일은 아니니까 쫄지는 마.

– 근데 왜 꿔 달래?

– 그냥 달라는 건 삥 뜯는 기분이라. 꾸면 언젠가 갚을 일이 생길지도 모르잖아?

  형우는 언젠가라고 하지만 어쩌면 자기가 베푸는 일의 대가라고 생각하는 투다. 가슴이 철렁 내려앉았다. 돈 때문이 아니라 형우와 나와의 관계가 이렇게 변질되어 가는 걸 목격하니 마음이 불편했다. 그래도 처음이고 어차피 다음 주가 형우 생일이니 엄마에게 형우 선물을 사는 명목으로 받으면 될 것 같단 생각을 하고 있는데 형우가 다시 톡을 했다.

– 엘베 곧 될 거래. 교육청서 공문 왔데. 전 학년이 거의 서명했을걸?

– ^^

– 규상이 놈은 엘베 못 타게 해야 해.

– 야!

– 하긴 안풀남 덕 본 거지, ㅋㅋㅋㅋ 다들 안풀남 되기 싫어서 거의 전교생이 서명을 했으니까. 요샌 규상이 놈도 나한테 확 꼬리를 내리던데? ㅋㅋㅋㅋ

  형우는 신난 듯, ㅋㅋㅋㅋ를 연발했지만 내 마음은 추락하는 기분이었다. 발끝이 닿지 않는 어딘가로 한없이 끌려 내려가는 기분은 두려움 그 자체였다. 뭔가 잘못되어 가고 있는 게 분명한데 뭔지 짚어 낼 수 없는 답답함이 나를 짓눌렀다.

－야, 해인, 해 줄 거지? 낼?

엘베 이야기조차 의도가 있었던 거란 생각을 하니 기분이 더 안 좋아졌다. 난 애써 '낼 봐.'라고 인사를 하고 톡 방을 나왔다.

그날 밤, 운동화 밑에 묻은 거대한 진흙의 무게 때문에 발 한 짝도 못 움직이는 꿈을 꿨다. 꿈에서의 난 휠체어를 타지 않고 늘 씩씩하게 달리는 편이었는데 말이다. 반수면 상태로 밤새 끙끙거려서인지 아침부터 컨디션이 안 좋더니 학교에서 배가 살살 아파 왔다. 결국 난 4교시가 시작되자마자 보건실로 갔다.

약을 먹고 한잠 자다 깼는데 옆 침대에 누운 홍주아가 보였다. 주아는 유치원 때부터 동창이었다. 말도 거칠고 돌직구를 날려서 애들한테 싸가지가 바가지라는 욕을 듣지만, 심성이 곧은 애란 걸 난 알기에 사이좋게 지냈다. 게다가 주아 엄마랑 우리 엄마가 절친이라 약간 가족 같은 느낌도 있는 아이다. 언제나 그랬듯 우리는 서로 격의 없이 말을 주고받았다.

"배 아파 왔냐?"

"너 점쟁이냐? 좀 잤더니 멀쩡하네. 근데 넌 왜?"

"머리통 빠개져서 왔는데 약발이 먹히는지 괜찮네. 야! 밥 때

끝나 가는데 나갈래?"

"그래. 내 바퀴 좀 가져와 봐."

"오키. 이 누나가 굴려 주지. 근데 기사는 안 오냐?"

"뭔 기사?"

내 말을 무시한 주아는 램프를 따라 휠체어를 밀면서 신나게 지하 식당 쪽으로 달렸다. 어찌나 빨리, 세게 달리던지 복도에선 애들이 홍해가 갈라지듯 양쪽으로 갈라섰다.

"와, 이 맛에 형우 놈이 머리가 커졌구만."

뭔 소리냐고 물었지만 주아는 내처 밀기만 했다. 점심시간에 늦어서인지 식당엔 줄이 길었다. 주아는 식판을 집어 내 무릎에 놓더니 간단명료하게 말했다.

"강해인, 나 새치기 안 하는 스타일인 거 알지?"

주아의 말에 내 얼굴이 붉어지기 시작했다. 주아가 하는 말들이 뭘 의미하는지 다 알 것 같아서다. 주아는 식당을 둘러보다가 내 등 뒤에서 말했다.

"야, 니들 규상이 그만 잡아. 쟤 봐라 풀 죽어 혼자 먹네."

아닌 게 아니라 규상이는 한쪽 구석에서 혼자 밥을 먹고 있었다.

"잡긴 뭘 잡아?"

"오죽하면 장애 카르텔 소리가 다 나오냐? 형우 설레발치는데 괜히 발 걸었다가 장애인 차별한다 소리 듣기 싫어서 애들이 어어 하는 거지만, 솔직히 규상이가 뭐 크게 잘못한 것도 없더만. 혼자 타는 거 낭비란 말은 사과했다는데 계속 애를 잡는 건 뭐냐?"

"근데 뭔 텔? 카르텔?"

"내 말이 뭐 틀렸냐? 누나가 너 생각해서 하는 말이다."

순간, 내 등줄기로 서늘한 얼음물이 흐르는 기분이었다. 독점 연합이란 뜻의 카르텔, 내 장애를 빌미로 권력을 행사한 걸로 보였다니. 한 대 맞은 기분이었다.

'아니, 내가 삥을 뜯은 것도 아닌데……'

과한 표현이라 황당한 기분도 있었지만 크게 억울하지 않았다. 솔직히 나도 아니까. 식당에서 새치기할 때, 규상이를 코너로 몰 때도 내 편의에 의해 몰랐던 척했었고, 어느 정도는 모르고 싶었던 이야기였다. 그런데 지금 주아가 방실거리며 다 까발리고 있다. 역시 돌직구의 여왕 홍주아답다.

주아와 아무렇지도 않게 이런저런 수다를 떨며 밥은 먹었지만 내내 속으로 많은 생각을 했다. 언젠가 사회 시간에 역차별을 이용하는 자가 있다는 말을 들은 기억이 난다.

차별을 역이용해서, 공인된 약자를 보호한답시고 권력을 거머쥐려는 무리가 있다며. 목적을 미명 삼아 수단을 정당화한다면 싸움은 계속될 거라고 들은 이야기가 내 목을 조인다. 매점에서 1학년 애들이 슬금슬금 뒤로 비켜서던 모습, 공놀이를 하다 강당에서 흩어지던 애들의 얼굴이 새삼 아프게 떠올랐다.

형우도 처음부터 그런 의도는 아니었을 거다. 주아 말대로, 바퀴를 굴리다 보니 머리가 커진 걸까? 아니, 이건 형우의 일이 아니다. 그 중심엔 내가 있는 것이니까. 일이 여기까지 온 것도, 어제 형우가 내게 돈을 꿔 달라며 무리한 요구를 한 것도 어쩌면 내가 여지를 주었기 때문인지도 모른다. 바보가 아닌 다음에야 아무에게나 주먹질을 해 대지는 않는 법이니까. 그렇다면 내가 뭔가를 해야 한다. 난 그렇게 결심했다. 내 발을 잡는 진흙은 털어 내야 한다. 그래야 바로 걸을 수 있을 테니까.

"짜아식."

학원 앞에서 내가 건넨 봉투를 받은 형우는 활짝 웃었다. 그러다 봉투를 열더니 급 표정이 바뀌었다.

"야, 새꺄 너 장난 까냐? 누가 생일 축하 받는댔어? 돈 꿔 달라니까 이게 뭐야?"

"돈은 못 꿔 주고. 너 생일은 축하해 주고 싶었어."

"이건 됐고. 너 얼마 있어? 야! 너 주머니 털어 봐."

"없어. 글고 이런 식이면 이제 나 도와주지 않아도 돼."

"헐! 그걸 왜 니가 정해? 도움 받는 주제에. 야! 물이 위에서 아래로 흐르지 반대로냐?"

"뭔 소리야? 너가 내 위에 있단 소리야?"

"아니냐?"

"그래, 어쨌거나 이제 사양하겠어."

내가 뒤돌아 가려는데 형우는 내 휠체어 바퀴를 잡았다. 그러곤 조곤조곤 말했다.

"병~신, 무슨 일에든 최소 비용처럼 힘이 필요한 거야. 너가 무시당하지 않으려면 나를 이용하라고. 그게 너가 차별당하지 않고 너를 지키는 일인 거 몰라? 병~신."

앞뒤로 한 번씩 찰지게 해 댄 병신 소리가 내 귀에 콱 박혀서 도망치듯 내뺐다. 모멸감이 들었다. 그 뒤론 형우를 피해 다녔다. 그렇게 형우를 끊어 내면 끝이라고 생각했다.

그런데 오늘, 엄마가 다시 형우 이야기를 꺼내자 난 뭔가 정리를 해야겠다는 생각이 들었다. 그러지 않으면 또다시 형우를 찾게 될지도 모른다. 난 꺼내기 싫고 절대 다시 보고 싶지 않은 망한 시험지를 꺼내듯 억지로 지난 시간을 들여다보게 되었다. 어쨌거나 오답 체크는 해야 하니까. 그날 형우가 내게 한 말, 앞뒤로 붙은 병신만 빼고 다시 곱씹어 봤다. 형우는 내게 차별당하지 않으려면 자기를 이용하라고 했다.

맞다. 그동안은 그랬다. 형우 말대로 난 차별당하지 않기 위해 형우가 이상한 행동을 하는 걸 감수했었다. 내가 상실된 사람이란 생각 때문에, 열등하지 않다는 걸 나타내기 위해 오버하고 내 존재가 미천해 보일까 봐, 무시당할까 봐 한껏 내 안에 바람을 넣은 것이다. 형우의 힘을 빌어서 몸을 필요 이상으로 부풀리고 형우와 연대를 이뤄서 주변에 겁을 주고 그렇게 나를 지키려 했던 것이다. 어쩌면 나를 차별한 첫 번째 사람은 다른 누구도 아닌 바로 나란 생각이 들었다. 내가 먼저 장애라는 금을 긋고 내가 먼저 나를 방어하기 위해 도움이나 혜택을 바라고 더 나아가 권력의 형태로 위세를 떨었던 거다.

난 깨달았다. 내가 왜 '모르는 사람의 느닷없는 파이팅'에 분개한 건지. 난 몸이 불편하지만 열등한 존재가 아니다. 그러니 뜬금없이 동정을 받을 이유가 없는 거다. 정류장의 여자가 지나가는 아무나 잡고 '파이팅'을 외칠 리는 없을 테니까. 그도 장애는 열등하고 불쌍하고 형우처럼 자기들 아래에 있는 존재라고 생각해서 그런 행동이 나온 것이다. 그러니 내가 기분 나빠하는 건 당연하다. 나란히 선 채로 다른 모양새이지만 나의 동등한 권리를 주장하면 될 것이다.

내가 그은 금을 지워야겠다. 내 삶의 경계는 분명하지만, 그래서 내 삶 주변에 분명한 선은 있지만 적어도 그건 장애로 인한 선은 아니어야 한다.

:

    우리가 60초 안에 불행해지는 방법은 다른 사람과 비교하는 거란
다. 내가 갖지 못한 것에 대해 골똘하다 보면 우리는 어느새 자기 자신
이 파 놓은 수렁 속에서 허덕이게 된다.

    물론 '장애인이기에 차별 받는 게 아니라 차별 받기에 장애인이 된
다'는 말처럼 객관적인 상황이나, 우리가 속한 사회의 구조적인 문제점
이 개인을 악순환에 갇히게 한다. 하지만 그럼에도 불구하고 그곳을
탈출할 수 있는 시작은 늘 내 자신이다. 어쩌면 문제의 초점은 늘 나부
터 시작된다고 보면 된다.

    마음의 문고리는 안쪽에 있다니 애써 나 자신을 먼저 바라보기를 바
란다. 적어도 내가 그은 선 안에 내 자신을 가두는 일은 없도록 말이
다.

박하령 '아이들이 행복한 세상'이 되었음 하는 바람에 문학으로 길을 내고 있는 작가
이다. 그 길을 걸으며 아이들이 자유를 찾게 되기를 바란다. 쓴 책으로 『의자 뺏기』『발
버둥치다』『나는 파괴되지 않아』『메타버스에서 내리다』 등이 있다.

402호에 이사 왔대

:

문 이 소

:

처음 진동을 느낀 건 새벽 2시 11분이었다. 이제 막 잠이 들려는 찰나, 둥 두둥 징 지잉 소리가 들렸다. 핸드폰 진동보다도 작은 소리인데 몹시 거슬렸다. 비가 오나 싶어 창문을 열어 보니 하늘은 말짱했다. 도로 자려고 누웠더니 다시 둥, 두둥, 징, 지잉. 천장에서 벽을 타고 진동이 내려오는 게 느껴졌다. 이거 402호, 402호가 맞지? 낮에 본 그 아이.

　학원 끝나고 엄마 가게에 가서 그간 봉인해 둔 세뱃돈으로 스마트워치를 사겠다고 했다가 제대로 등짝 스매싱을 당했다. 내가 사려는 스마트워치가 떡볶이 100그릇 값이라나. 떡볶이를 너무 싸게 파는 거 아니냐고 했다가 한 대 더 맞았다.

할머니가 계셨으면 '그까짓 거 가지고 애 기죽이지 마라.' 하며 사 줬을 텐데……. 집 현관 앞에 내 또래 여자애가 있었다. 날 보자마자 불쑥 "402호에 이사 왔어요." 하며 미숫가루 한 봉지를 건네고 올라갔다.

얼굴은 기억 안 나지만 왼쪽 손목에서 찬란히 빛나던 스마트워치는 똑똑히 기억한다. 이 세상의 것이 아닌 듯 어찌나 눈부시던지. 그 여자애가 베이스 기타를 치는 게 분명했다.

따지러 갈까 말까 망설이는 사이 소리가 그쳤다. 까무룩 잠이 들었는데 시작, 따지러 갈까 싶으면 조용, 다시 잠들면 시작. 거실이나 엄마 방에서는 안 들리고 내 방에서만 들렸다. 고막에 둥 두둥 지이잉 소리가 붙어 버렸다. 7시 48분, 토요일 아침인데 정말 너무한 거 아니냐? 402호로 뛰어 올라갔다.

"저기요, 302호인데요!"

쿵쿵, 문을 두드렸는데 끼이익, 문이 열렸다. 열려 있었던 건가? 사람은 안 보인다.

"402호에서 나는 소리 때문에 밤새 한숨도 못 잤어요. 이웃끼리 이건 좀 아니죠."

현관문 사이로 말했는데 반응이 없다. 문을 조금 더 열었다. 분명 불은 다 켜져 있는데 왜 인기척이 없지? 둥, 두둥, 지이징 소리가 갑자기 뚝 끊겼다.

"아무도 없어요? 저기요!"

"이제 오……면 어, 어떡……."

"예? 잘 안 들려요. 나와서 말씀하세요."

"왜 이제…… 왔……. 밤새 부, 불렀는……."

여린 목소리, 사람은 안 보이는데 목소리는 들린다. 소름, 등줄기에 소름이 쫙 끼쳤다. 내려가자, 조용히, 후딱, 빨리.

"도, 도와…… 주……. 나 죽……어…… 죽……."

"죽, 죽어? 지, 지금 들어갈게요!"

집 안 공기가 싸하니 사람 사는 집 같지가 않다. 거실엔 TV는 커녕 가구 비슷한 것 하나 없었다. 거실엔 큼직한 택배 상자만 열댓 개가 쌓여 있다. 분명 약하게 헐떡이는 소리가 들리긴 하는데 사람은 안 보인다.

"저기요. 402호, 어디 계세요?"

"여……기 바, 바……닥."

"바닥요?"

거실 구석에 널브러진 옷이 발발 떨렸다. 모양새가 좀 이상하다. 청바지와 후드티인데 꼭 사람이 있고 누운 것처럼 볼륨감이 있다. 가까이 가 보니 아주 흐릿하게 사람 형체가 보인다. 설마, 어제 그 여자애? 옷 속에서 투명하게 반짝이는 몸이 당장이라도 흩어져 없어질 것 같다. 402호 여자애는 가쁘게 숨을 쉬며 힘겹게 말을 이었다.

"나 따, 따뜻한 무울……조옴……."

"물? 알, 알았어요!"

내 머리털 나고 이런 주방은 처음 본다. 개수대에는 큰 컵, 작은 컵, 대접, 숟가락 같은 설거지 거리가 쌓이다 못해 흘러넘치는 중이고, 주전자는 검댕 때문에, 가스레인지는 덕지덕지 말라붙은 정체 모를 덩어리 때문에 죽는 중이다. 급하니까, 대충 헹궈서 쓰다 만 정말 손가락도 끝도 대기 싫은 주전자에 물을 담았다.

물을 끓여 찬물을 조금 섞었다. 할머니가 기운 없어 할 때면 꿀물을 드렸던 것이 생각나 꿀을 한 숟가락 탔다. 여자애가 컵을 들 수 있는 상태가 아닌 듯해서 숟가락으로 한 술씩 떠먹였다. 402호의 몸이 조금 또렷해졌다.

"꾸울, 꿀…… 많이 타……."

꿀을 한 국자 넣었다. 물에 꿀을 탄 게 아니라 꿀에 물을 뿌린 것 같아졌다. 여자애는 확실히 더 또렷해졌다. 이젠 투명도가 40프로 정도 되는 것 같다. 402호가 크게 숨을 내쉬었다. 나도 한숨이 절로 나왔다.

"좀 나아졌어요? 119 부를까요? 병원에 가는 게……."

"가 봤자 지구인은 모를 겁니다. 우리만 걸리는 풍토병이라서요. 단 걸 더 먹어야 하는데 미숫가루 좀 갖다줄래요?"

'지구인은 모르고 우리만 걸리는 풍토병'에서 그 '우리만'을 묻고 싶었는데 타이밍을 놓쳤다. 일단 살려 놓고 물어봐야지. 할머니도 배곯은 사람한텐 물이라도 먹인 다음에 말을 시키라고 했으니까. 꿀을 잔뜩 넣어 미숫가루를 타 줬다. 여자애는 숨도 안 쉬고 꿀떡꿀떡 단숨에 들이켰다.

"캬아!"

402호가 대접을 머리 위에서 거꾸로 들고 흔들었다. 남은 미숫가루 몇 방울이 정수리를 관통해 바닥에 떨어졌다. 아직 흐릿해서 그런 것 같다. 그래도 이젠 사람처럼 보였다. 도대체 이게 무슨 병이람.

"그 병은 단 걸 먹으면 낫나 봐요?"

"낫나가 뭡니까?"

"나아졌다고요. 아낀 몸이 진짜 흐릿했는데 지금은 그래도 많이 진해졌잖아요."

"아아, 이거! 그러게요, 지구인 신체는 단 걸 먹으면 진해지나 봅니다?"

"네?"

"이 신체는 단 거 먹으면 진해지잖습니까. 그럼 신 것을 먹으면 어떻게 됩니까? 묽어져서 막 흐릅니까?"

"그, 그걸 왜 나한테 물어요? 본인 몸인데."

"302호는 자기 몸을 다 압니까?"

"뭐 알죠, 대충은. 이 몸뚱이로 17년을 살았는데."

"오, 그럼 좀 도와주십시오! 제가 체험학습을 왔거든요. '미확인 지적생명체 신체기능탐구'라고 매우 난해한 과목이지요. 하지만 302호가 도와주면 금방 끝날 겁니다. 지구 시간으로 일주일만 도와주세요."

헛소리가 후유증인가. 난 눈만 끔뻑거렸다. 402호도 눈을 끔뻑거렸다.

"아, 제가 어제 말씀 안 드렸죠. 저는 좀 먼 곳에서 왔습니다. 빛의 속도로 15만 년 정도 떨어진 '아냐후' 행성에서 왔어요. 휴, 지구인의 신체를 유지하는 건 정말 불편한 일이더군요. 탄소유기 화합물은 관리하기 몹시 까다롭다고 들었는데 이렇게 귀찮은 일인 줄은 몰랐습니다. 지구 생명체들은 사는 게 쉽지 않겠어요."

"아니, 잠깐 잠깐만! 저기, 402호가 빛의 속도로 15만 년을 가야 하는 곳에서 왔다고요?"

"네, 아냐후 행성입니다. 저 포함 12개체가 왔는데 이 구역엔 저 혼자 있습니다."

"그러니까…… 외계인?"

"어딜! 외계 생명체죠. 지구인 껍데기를 입었다고 해도 우린 인간이 아닙니다. 지적 수준부터 비교 불가합니다."

"지구……정복?"

"아니요. 체험학습! '미확인 지적생명체 신체기능탐구' 체험학습입니다. 참고로 우린 정복 뭐 이런 거 안 합니다. 이런 행성은 어디 쓸데도 없고요. 싹 다 없애 버리고 새로 하나 만들면 모를까, 정복 그거 정말 귀찮은 겁니다. 지적생명체는 살려 놔 봤자 손만 많이 가고……. 302호, 괜찮습니까? 얼굴색이 새하얘졌군요. 단것 좀 드세요."

윗집에 이사 온 아이가 밤새 베이스 기타 소리를 내서 사람을 불러내더니 물 내와라 단것 내와라 부려 먹고는 자기가 지구를 멸망시킬 수 있는 외계인인데 체험학습 좀 도와 달라고 하면, 이걸 NASA에 물어봐야 하나, 정신병원에 신고해야 하나. 내가 멀거니 보고만 있자 402호가 배시시 웃었다.

"체험학습을 도와주면 사례로 우리 아냐후 행성에 다녀올 수 있는 우주왕복 이동권을 제공해 드립니다. 지구 시긴으로 1년간 아냐후에 체류할 수 있도록 신분 보장도 해 드리고요. 아냐후는 다종다양한 지적생명체가 조화를 이루며 사는 행성입니다. 이 작은 행성에 갇혀 사는 302호의 견문을 넓히는 데 더없이 좋은 기회입니다."

402호가 흐릿하고 반짝이는 왼손을 내밀었다. 악수하자는 건가? 어정쩡하게 손을 잡았다.

순간적으로 주위가 새카매지더니 몸이 붕 떠올랐다. 머리 위아득히 높은 곳에서 작은 빛줄기가 쏜살같이 내려오더니 부드럽고 촉촉한 안개로 변했다. 안개는 점차 어떤 형상이 되었다. 크고 작은 십이면체, 거대한 해파리, 흩어졌다 모일 때마다 형태가 바뀌는 빛무리, 고정된 형태 없이 일렁이며 움직이는 연기 같은 덩어리. 아냐후, 이게 15만 광년 떨어진 별나라 아냐후구나. 내가 알아차리는 순간 거실로 돌아왔다. 402호가 환하게 웃는다

"302호, 내 숙제를 도와주겠습니까? 딱 일주일만 동행하면 됩니다. 우주왕복 이동권과는 별도로 지구에서 화폐 가치가 있는 물건도 드리겠습니다."

"음…… 우주왕복 이동권은 일단 보류하고, 화폐 가치가 있는 거 뭘 줄 거예요?"

"제가 아직 지구의 화폐에 대해서는 모릅니다. 302호가 정하는 대로 할게요."

어, 이거 꿀알바의 냄새가 난다. 그래도 너무 세게 부르면 지구인 망신이니까 적당히 불러야지.

"시급 삼만 원, 그 밑으로는 안 돼요. 식사와 교통비는 402호가 부담하는 걸로."

"좋습니다. 302호가 잘 헤아려서 청구하십시오."

왜 이렇게 쉽지, 더 부를 걸 그랬나? 그럼 다른 걸로 더해 보자.

"좋아요. 뭣 좀 먹을래요? 제가 또 토스트 하난 기가 막히게 만들 거든요. 개당 만 원인데 특별히 오천 원에 해 줄게요."

"오오, 그럼 302호와 제 것 두 개 부탁드리겠습니다."

온갖 브랜드 샌드위치를 물리치고 신정시장을 제패한 우리 할머니의 시장 토스트를 만들어 왔다. 할머니, 우리 토스트가 우주로 진출했어! 402호 표정 좀 봐, 아냐후에 지점 내겠어.

"오오, 도대체 이것은 무슨 맛인가요? 이런 황홀한 맛은 처음입니다, 처음이에요! 아, 흐물흐물한 몸이 꽉 차는 느낌!"

"단짠의 신비랄까. 그걸 조석으로 한 개씩 일주일만 먹으면 몸이 꽉 차다 못해 팽창하기 시작하여 사이즈 업이 되죠."

"아하, 단짠의 신비. 기억해 두겠습니다."

402호는 연신 감탄하며 매우 경건하게 토스트를 먹었다. 몸이 아주 뚜렷해졌다. 이젠 누가 봐도 지구인 같다. 공부는 별로지만 착하고 성실하고 강아지를 좋아할 것 같은 아주 평범한 동네 여고생. 헤벌쭉 웃으니 꼭 산책 나가자고 조르는 강아지 같다.

"에너지가 충전되었으니 이제 나갑시다."

"어딜요?"

"여기저기 돌아다니면서 지구인 신체 착용감을 평가해야 합니다. 이곳 사회를 체험하는 것도 중요한 포인트고요."

"그……러니까 지금 밖에 나가서 지구인처럼 돌아다니겠다는 거죠?"

"맞습니다. 지금 입고 있는 이 지구인 껍데기요오으아악!"

꽈다당! 벌떡 일어서던 402호가 그대로 고꾸라졌다. 바닥에 정통으로 부딪힌 이마랑 왼쪽 뺨이 벌게졌지만 괜찮아 보였다. 어깨랑 팔, 손목, 허리, 엉덩이 다 잘 움직이는데 다리가 꼼짝을 안 했다. 양쪽 다리가 무릎부터 엑스 자로 교차되어서 꼼짝을 못 했다.

"하체 쪽 감각이 안 느껴지는군요. 다리를 정렬하고 확인해 보세요."

맙소사. 양쪽 다리 모두 무릎부터 발가락 끝까지 점토처럼 물렁거렸다. 바깥쪽으로 심하게 휘었고 발가락은 앞뒤로 기괴하게 뒤집어졌다. 402호는 손상된 부위가 본디 어떤 모양인지 보여 달라고 했다. 내 다리를 보여 주자 자기 다리도 그렇게 정돈해 달라고 했다.

다리는 점토처럼 만지는 대로 모양이 잡혔다. 손가락 자국까지 고스란히 남았다. 왼 다리는 좀 짧아졌고, 오른 다리는 두꺼워졌지만 더 어떻게 할 수가 없었다. 402호는 정보를 찾아보겠다며 차고 있던 스마트워치를 눌렀다. 슝, 원통형 화면이 올라오더니 글자 같은 것들이 우르르 생겨났다. 내가 놀라기도 전에 402호가 꽥 소리를 질렀다.

"302호, 이 몸은 유제품을 먹으면 안 된답니다!"

"네?"

"본떠 만든 인간 신체의 한계라고 합니다. 다리는 영구 손상으로 남을 것 같습니다."

"그, 그럼 어떡해요?"

"어떡하긴요, 이대로 하면 되지요. 이제 나갑시다."

"아뇨 아뇨, 잠깐만요. 혼자 서지도 못하면서 어떻게 나가요?"

"네? 지구에는 못 걷는 신체를 위한 장비나 시설이 없습니까?"

"있……죠, 있어요. 있긴 한데 그게 좀……. 그니까 그게 보통 일이 아닌데."

"비용을 더 내면 될까요? 두 배를 지불하겠습니다."

"준비하고 올 테니까 기다려요."

내 방 베란다에서 쉬고 있는 할머니 휠체어를 꺼냈다. 뽀얗게 먼지를 뒤집어쓰고 있는 할머니의 자가용. 할머니가 날 유아차에 태워 다녔던 것처럼 난 할머니를 휠체어에 태워 다녔다. 할머니는 산책 나가자고 하면 짜증부터 냈다. 엘리베이터가 없으니 3층에서 내려가는 게 예삿일이 아니었기 때문이다. 할머니는 기껏 동네 한 바퀴 돌 걸 뭐 하러 나가냐며 성화를 부렸지만 그게 싫다는 소리가 아니라 미안하다는 마음인 걸 난 알았다.

휠체어 의자에 두툼한 방석을 깔아서 1층 현관에 내려놓고 402호에 올라갔다. 벌써부터 땀이 흐른다. 402호를 업고 내려오는데 와, 진짜 죽을 뻔했다. 굴러 떨어질 뻔한 것이 3번, 잠깐 쉰 것이 5번. 내 숨소리가 거칠어지자 402호가 말했다.

"아, 치즈만 안 먹었어도 지구의 중력과 대지와의 마찰을 온몸으로 느끼며 직립 이족 보행에 대한 만족스러운 체험을 했을 텐데."

402호를 휠체어에 앉히고 난 바닥에 주저앉았다. 402호는 만족스러운 듯 미소를 지으며 말했다.

"302호, 나 이름 확정했습니다. 프프아, 멋지지 않습니까? 입술 사이로 공기가 터져 나가는 느낌이 짜릿해서 좋습니다. 입에서 비말이 퍼져 나가는 모양도 귀엽고요."

"……그냥 계인이라고 합시다."

"왜입니까?"

"문화 체험한다면서요. 우린 그런 이름 안 써요. 계인, 계인이라고 해요."

"오오, 그렇군요. 그리합시다. 이제부터 내 이름은 계인입니다. 302호 이름은 뭡니까?"

"배키. 백희율인데 다들 배키라고 불러요."

"이런 우연이! 우리 아냐후에도 배키라는 명사가 있습니다."

"오, 무슨 뜻인데요?"

순간 정적. 계인이는 어색할 정도로 환하게 웃으며 도로 방향을 가리켰다.

"이제 출발합시다. 계인이는 홍대에서 젊은이 문화를 체험하겠습니다."

"이렇게 날씨 좋은 토요일 낮에 홍대에 가자고? 계인 님, 뻥 아니고 진짜 사람에 치여 죽어요!"

까먹고 있었는데 할머니랑은 넓은 길로 공원에만 갔던 이유가 있었다. 휠체어로 지하철을 타러 가는 것부터 고난의 행군이다. 걸을 땐 못 느끼지만 휠체어로 다니다 보면 보행로가 얼마나 위험한지 알 수 있다. 기우뚱하고, 보도블록은 여기저기 깨지고 솟아올라 울퉁불퉁하다. 까딱하면 휠체어에서 미끄러지거나 떨어질 수도 있다. 그렇다고 도로로 다닐 순 없다. 자동차는 물론이고 오토바이까지 너무 위험하다.

휠체어가 덜덜거리니까 계인이는 골이 흔들리고 엉덩이가 아프다고 투덜거렸다. 그나마 방석 깔아서 괜찮은 줄 알라고 했지만 소용없었다. 지구의 길이 문제인지 이동 수단의 성능 문제인지 열심히 따지고 들었다.

지하철 엘리베이터 앞은 늘 복잡하다. 엘리베이터 뒤쪽으로 지하철 환풍구가 있기 때문에 보행로가 엄청 좁다. 엘리베이터 경사로는 좁고 가팔라 올라가는 것도 쉽지 않다. 어르신 여섯, 유아차와 아주머니 한 분이 엘리베이터를 기다리고 있었다. 엘리베이터 한 대를 보내고 겨우 탔다. 어휴, 이러다 지하철을 타기 전에 쓰러질 것 같다.

"배키, 에너지가 고갈된 듯 보입니다?"

"그러게요. 걸어서 7분이면 올 길을 휠체어로 오니까 현관에서부터 전쟁이네요."

"역시, 쉽지 않은 것 같더만 전쟁이었군요! 우리가 이겼습니까? 나는 지는 전쟁은 안 해 봤습니다."

"아니 아니! 진짜 전쟁이라는 게 아니라 엄청나게 힘들다는 뜻이죠. 암튼 계인 님, 지하철 표 사게 돈 주세요."

"돈? 아, 화폐! 이걸로 됩니까?"

계인이는 까만 복주머니에서 주섬주섬 뭘 꺼내 건넸다. 노오 랗고 단단하고 반짝이는 내 엄지 손톱만 한 금…… 덩어리?

"아냐후에선 이게 사방에 널려 있는데 별 쓸모가 없거든요. 한데 지구에선 가치가 높다고 해서 좀 챙겨 왔습니다."

"얼, 얼마나요?"

"열한 상자요."

"그…… 거실에 막 쌓아 둔 택배 상자?"

"네, 그겁니다. 이걸로 모자를까요?"

"흠흠. 이걸로는 홍대까지 반밖에 못 가요. 하나 더 줘 봐요. 아니, 그냥 주머니째 주세요. 우린 길에서 이런 거 막 꺼내고 그러지 않거든요. 날 주면 내가 알아서 표도 끊고 밥도 사고 다 할게요. 내가 또 이런 건 좀 해요."

계인이가 흔쾌히 복주머니를 넘겼다. 아이코, 내 슬링백에 쏙 들어가는구나. 내 돈으로 승차권을 산 다음 다시 엘리베이터로 이동해 드디어 승강장에 입성했다. 검색 좀 해 보자, 요새 금 한 돈이 얼마냐.

"헐, 삼십삼만 원!"

"네?"

"아뇨, 아니에요. 차 왔네, 탈까요?"

지하철을 타는데 어휴, 승강장과 지하철 사이가 이렇게 떠 있는 줄 몰랐다. 휠체어의 무게 중심이 뒷바퀴에 쏠리게끔 앞바퀴를 완전히 들어야 탈 수 있었다. 타고 나서도 불편하긴 마찬가지다. 그냥 어중간하게 출입문 근처에 서 있었는데 사람들이 지나다니며 힐끗힐끗 쳐다본다. 고운 눈길이 아니다.

"휠체어 전용 칸이 있는데 서로 불편하게."

누군가 중얼거렸다. 얼굴이 확 달아올랐다. 출입문이 열리고 닫힐 때마다, 사람들이 디고 내릴 때마다 계인이가 움찔거렸다. 우린 서로 말 한마디 나누지 않았다.

내릴 때도 지하철과 승강장 사이가 멀어서 휠체어 앞바퀴를 들어서 내렸다. 휠체어로 다니는 사람은 어떻게 다니라고 이렇게 해 놨지? 유아차도 위험할 텐데 말이다. 어린아이들은 발이 빠질 수도 있을 것 같다.

"배키, 이곳이 홍대인가요? 제 사전 조사가 틀렸나 봅니다. 분명 사람이 많고 시끄럽고 번화한 곳이라고 했는데."

"무슨, 겨우 반 왔어요. 이제 2호선으로 갈아타야 하는데 휠체어는 어디로 이동해야 하는지 모르겠네요."

"여기 큰 지도가 있는데요, 이동 방향 표시가 안 되어 있습니까?”

“있긴 한데 너무 복잡해서 핸드폰으로 보면서 가야 해요. 검색해 보니까 ‘또타 지하철’ 앱을 다운받아 보라네. 으아, 핸드폰 못 하는 사람은 어떻게 다니지?”

“배키, 그냥 길 따라 가면 되는 거 아닙니까?”

“절대 아닙니다. 봐요, 얼마나 난코스인지! 걸어가면 계단 한 번, 에스컬레이터 두 번 타면 2호선을 탈 수 있다고요. 그런데 휠체어로 가잖아요? 그럼 엘리베이터 두 번 타고 밖으로 나가서 다시 엘리베이터 타고 내려간 다음 또 한 번 엘리베이터 타고 내려가야 2호선을 탈 수 있다고요. 5분이면 갈 거리를 30분은 가야 한다는 거죠.”

“이해할 수가 없군요, 왜 그래야 합니까?”

“길이 그렇게 만들어졌으니까 그렇죠 뭐.”

“그럼 휠체어로 이동하는 사람들은 모두 그렇게 돌아가야 한다는 건가요?”

“그러게요, 할머니랑은 동네 공원만 다녀 봐서 시내 나가는 게 이렇게 힘든 줄 몰랐어요.”

“그럼 좀 서두릅시다. 화장실에 들려야 해요. 오오, 갑자기 급해졌어요!”

“뭐라고요!”

정말 한참을, 한참을 걸려 홍대입구역에 도착했다. 10시 전에 출발했는데 12시가 다 됐다. 홍대는 예상대로 인산인해, 사람이 정말 많았다. 계인이는 신이 나서 주위를 두리번거렸고 나는 지쳐서 주저앉았다.

홍대 걷고 싶은 거리로 들어섰다. 차량 통행이 금지된 시간이라 도로에도 사람이 다닐 수 있어서 다행이었다. 아스팔트로 다니니 휠체어가 훨씬 수월하게 나갔다. 보행로는 울퉁불퉁하고 홍보용 풍선 인형 같은 것에 연결된 전선이 많아 휠체어가 다니기엔 위험했다. 걸어 다닐 땐 몰랐는데 휠체어와 같이 다니니 불편하고 위험한 게 한두 가지가 아니다. 하긴 그래서 할머니랑도 동네 어린이 공원만 다녔다. 지쳐서 그런지 가게에서 나오는 음악 소리가 유난히 크게 들렸다. 오가는 사람을 피하며 소리에 시달리느라 멀미가 날 지경이다.

"배키, 지구인들은 참 경이롭습니다. 동시에 서로 다른 11가지의 소리를 들으며 아무렇지도 않게 돌아다닐 수 있다니요. 전 머리가 지끈지끈합니다."

"난 토할 것 같아요."

"아무래도 제 몸이 또 곤란해진 것 같습니다. 단 거를 먹어야 해요, 이러다 몸이 사라질 것 같습니다."

"여기서요? 그건 안 돼!"

우린 패스트푸드점을 향해 달렸다. 오렌지주스, 오렌지주스에 딸기잼을 뿌려 먹여야 해!

　패스트푸드점에 들어왔다. 계인이는 키오스크를 보고 무척 반가워했다. 자기 야나후 행성 박물관에 이것과 비슷한 골동품이 있다며 직접 조작해 보겠다고 했다.

　"배키, 이 골동품은 높이 조절이 안 됩니까?"

　"네?"

　"화면이 높이 있어서 보이질 않아요. 위쪽에는 손이 닿지 않습니다."

　"아, 그냥 나한테 말해요. 내가 누를게요."

　"아니오! 제가 해 보고 싶습니다. 내가 직접 이 몸으로 해 보고 싶단 말입니다."

　"제발 쉽게 좀 하자고요. 내가 하는 거 보면 되잖아요."

　계인이 입이 댓 발 튀어나왔다. 아, 골치 아파. 이거 진짜 시급 삼만 원으로 될 일이 아니다. 계인이가 먹을 오렌지주스, 애플파이, 와플, 딸기잼과 내가 먹을 햄버거를 주문했다. 계인이를 테이블로 데려왔는데 또 문제가 생겼다.

　이 매장은 테이블과 의자가 모두 고정되어 있다! 휠체어가 사용할 수 있는 테이블이 없는 거다. 어떻게 이럴 수가 있지? 테이블에서 먹으려면 휠체어는 고정된 의자가 없는 통로 쪽에 자리를 잡아야 했다. 오가는 사람도 불편하고 먹는 사람도 불편하게 말이다. 허, 진짜 당황스럽다. 계산대에 있는 알바생에게 물었다.

"저기요, 휠체어가 쓸 수 있는 테이블은 없어요?"

"통로 쪽에 앉으시면 되는데……."

"불편하잖아요. 의자를 옮길 수 있는 테이블은 없어요?"

"아, 2층에는 있어요."

"휠체어로 어떻게 2층에 가요?"

"밖에 나가셔서 건물 엘리베이터로 이동하시면 되는데……."

띠롱 띠롱, 쏟아지는 주문. 알바생은 말끝을 흐리며 분주하게 움직였다. 그래, 2층에 있단 말이지. 2층에 가서 의자 치우고 테이블에 앉아서 먹고 만다, 내가.

기계를 나와 건물 입구로 들어가는데 이럴 수가. 건물 입구에 턱이 있다! 계단 반 개쯤 되는 높이라서 올라가긴 해도 내려오는 건 위험할 듯했다. 결국 계인이를 데리고 공원으로 갔다.

공원에는 사람들이 삼삼오오 모여 있었다. 공연도 안 하고 마켓도 없어서 흥은 안 났지만 한적하게 쉴 수 있어서 좋다. 계인이는 황홀한 맛이라며 오렌지주스에 딸기잼을 뿌려서 먹었다. 난 햄버거를 세 입에 다 먹었다. 무슨 맛인지도 모르고 욱여넣었다.

"배키, 얼굴이 구겨졌습니다."

"얼굴이? 아, 표정! 아니야, 괜찮아요."

"아까 제가 골동품 조작해 보겠다고 배키를 힘들게 했지요.

미안합니다.”

“골동품? 아, 키오스크! 아니지, 왜 계인이가 미안하다고 해요. 진짜 생각할수록 웃기네. 휠체어 타고 시내 나오는 게 이렇게 힘들 일인가? 휠체어 타고 음식 사 먹는 게 이렇게 어려울 일이냐고? 생각해 보니까 나 음식점에서 휠체어 탄 사람을 본 적이 없어. 맞아, 할머니가 휠체어 타게 된 이후로 외식한 적이 없네. 하아, 집 밖의 세상이 이렇게 힘들 줄이야.”

나는 너무 지쳤고 계인이는 내 눈치를 보느라 바빴다. 우린 한동안 말없이 앉아 있었다. 계인이가 오늘은 볼 만큼 봤으니 이만 돌아가자고 했다. 한적한 길을 찾아 빙빙 돌아 도로변으로 갔다. 복잡한 도로 앞, 별안간 계인이가 버스를 가리켰다.

“배키, 집에 갈 때는 저 굴러다니는 큰 운송 기구로 가고 싶습니다.”

“버스? 버스 타고 가자고요?”

“네, 저건 지상으로 다니니 바깥 풍경을 볼 수 있을 거 아닙니까? 가면서 세상을 더 둘러보고 싶습니다.”

“흐음, 엘리베이터 안 타도 되고 한강도 볼 수 있고 괜찮겠네. 좋아요!”

우린 버스 정류장으로 갔다. 이용자가 많고 승강장 폭이 좁아서 “실례합니다. 죄송합니다.”를 몇 번이나 했나 모른다. 휠체어를 본 사람들이 길을 터 주는데 왜 이렇게 마음이 불편한지 모르겠다. 집에 가는 버스가 왔다. 그런데!

"계인 님, 이 버스 못 타요."

"왜입니까?"

"휠체어가 탈 수 있는 버스가 아니거든요. 저상버스 기다려야 해요."

계인이는 얼빠진 표정으로 알아들을 수 없는 말을 웅얼거렸다. 좋은 소리 같진 않았다. 12분 후 저상버스가 왔다. 하지만 버스에 사람이 꽉 차서 휠체어가 들어갈 것 같지 않았다. 시끄러운 대로변 좁은 버스 정류장에서 20분도 넘게 서 있었더니 진이 다 빠졌다. 결국 우리는 다시 지하철역으로 왔다. 그래도 한번 왔던 길이라 정겹기까지 했다.

이번에는 휠체어 전용 칸에 탔다. 빈 의자가 있었지만 계인이와 떨어져 앉기가 좀 그래서 휠체어 옆에 쭈그려 앉았다. 계인이가 날 내려다보며 히죽 웃었다.

"배키, 고맙습니다."

"모르니까 가르쳐 주는 건데요, 여긴 고마우면 선물을 해요. 아까 그 복주머니에 있던 작고 반짝이는 노란 금속 그런 거요."

"정말 그거면 됩니까? 혹시 단단하고 빛나는 돌은 안 좋아합니까?"

"……돌 중에 가장 단단하다는 투명하고 반짝이는 돌? 그것도 택배 박스에 있어요?"

"그건 아닙니다만 우리 야나후 가는 길에 그 돌이 비처럼 내리는 행성이 있습니다. 중간에 내려서 주울 수 있는 만큼 주워 오면 됩니다."

"에이, 난 또 지금 있다고. 됐어요, 그냥 그 주머니에 있는 노란 금속 그거로 퉁쳐요."

"배키, 배키가 한참 모르니 내가 가르쳐 줍니다. 내가 줄 예정인 우주 왕복권은 지구 문명으론 300년 안에 실현시킬 수 없는 기술의 집약체입니다. 그걸로 가까운 우주 한 바퀴 돌면서 돌도 줍고 금속도 따오면 참 좋을 겁니다."

"네네, 알았어요. 그런데 난 계인 님 복주머니 들고 집에 가고 싶네요."

"그런데 배키, 저 개체의 움직임이 좀 다릅니다. 오늘 처음 만나는 귀한 개체군요."

계인이가 회색 가방을 멘 아저씨를 가리켰다. 아저씨는 오른팔과 오른 다리가 뻣뻣하여 걸음걸이가 불안정했다. 왼손으로 손잡이를 잡고 매우 천천히 신중하게 걸었다. 아저씨가 다가오자 앉아 있던 승객들은 더 열심히 핸드폰을 하거나 눈을 감았다. 계인이는 환하게 웃으며 아저씨에게 손을 흔들었다. 아저씨도 작게 웃으며 L홀더에 끼운 종이와 수세미를 건네곤 다른 승객에게 갔다.

종이에는 뜨개질로 색색의 수세미를 만드는 할머니 사진이 프린트되어 있었다. 어눌하지만 또박또박하게 쓴 손글씨도 있었다.

"배키, 메시지 내용은 무엇입니까?"

"'저는 칠순이 넘은 어머니와 둘이 살고 있어요. 작은 의류 도매 업체에서 일했는데 코로나 때 문을 닫았고 이후 일자리를 구하지 못하고 있어요. 정말 일을 하고 싶은데 일을 못 하고 있어요. 생활이 점점 어려워져서 어머니와 같이 수세미를 만들어 팔고 있어요. 이 수세미가 당신 집안의 걱정 근심을 말끔히 닦아 내고 복이 들어올 자리를 만들어 줄 거예요. 한 개 이천 원, 세 개 오천 원입니다.' 어, 게인 님 집 개수대 완전 난리통이잖아요. 아저씨한테서 수세미 사면 좋겠다."

"수세미가 뭡니까? 아닙니다, 저 개체와 직접 대화하겠습니다."

계인이가 웃으며 손을 번쩍 들자 아저씨도 웃으며 다가왔다.

"학생, 적응 훈련 중인가 봐?"

"비슷합니다. 메시지에 대해 질문할 것이 있습니다. 일을 하고 싶은데 왜 일을 못 합니까?"

"하하, 보다시피 내가 움직임이 자유롭지 않잖아. 그래서 일자리를 구하기가 힘들지. 학생도 알잖아."

"전 알지 못합니다. 도움을 주는 곳은 없습니까?"

"음, 도움이 필요한 분들도 있지. 그런데 난 도움이 아니라 시스템이 필요해. 도움이 없어도 내가 성실하게 살면 살아갈 수 있게 말야. 학생도 그렇잖아, 도움 받지 않아도 안전하게 버스며 지하철을 타고 다니는 거."

때마침 지하철이 섰고 출입문이 열렸다. 지하철 보안관 둘이 아저씨에게 다가왔다.

"선생님, 불편 신고가 들어왔습니다. 내리셔야 합니다."

아저씨는 얼굴이 벌게져서는 보안관들을 따라 내렸다. 계인이가 대화를 마무리해야 한대서 우리도 따라나섰다. 그런데 덜컹, 휠체어 앞바퀴가 열차와 승강장 사이에 끼었다! 계인이가 휠체어에서 떨어지려는 순간, 수세미 아저씨가 계인이와 휠체어를 동시에 잡았다. 균형을 잃은 아저씨가 비틀거리자 보안관 한 명이 아저씨를 부둥켜안아 세웠다. 다른 보안관이 역내 카메라를 향해 손을 크게 휘저으며 무전기로 연락을 했다. 여러 사람의 도움을 받아 계인이와 나는 안전하게 내렸다.

보안관이 괜찮냐고 묻는데 얼굴이 화끈거리고 목구멍이 쪼그라 붙는 것 같았다. 놀라기도 놀랐지만 그보다도 너무 창피했다. 하지만 계인이는 다른 것에 놀란 것 같다. 보안관에게 물었다.

"궁금한 것이 있습니다. 왜 이분을 데리고 나왔습니까?"

보안관은 어리둥절한 표정으로 말했다.

"지하철 내에서는 물품을 판매할 수 없어, 그게 규칙이잖니? 우린 단속을 해야 해."

"이분은 일자리가 없어서 수세미를 만들어 판다고 했습니다. 그런데 팔 수 없게 하면 이 아저씨는 어떡해야 합니까?"

"그걸 왜 나한테 물어? 어쨌든 지하철에서 팔면 안 돼. 승객들도 불편해하잖아."

"이상하군요, 전 불편하지 않았는데요. 진짜 불편했던 것은 다른 것이었습니다. 휠체어를 탔기 때문에 버스를 탈 수 없던 것, 지하철을 타기 위해 엘리베이터를 최소 2회 이상 갈아타며 멀리 빙 돌아가야 했던 것, 지하철에서 내리는데 휠체어 바퀴가 걸려 넘어질 뻔한 것들입니다. 이 불편은 어디에 신고해야 합니까?"

보안관들은 고개를 절레절레 저었다. 온몸으로 '난처하다'를 외치는 것 같았다.

"학생, 학생이 무슨 말 하는지 알아. 그런데 그건 우리가 어떻게 해 줄 수 있는 건 아니잖아, 응?"

"그럼 어떻게 해야 합니까, 저는 그냥 계속 불편하게 지내야 합니까?"

침묵, 한숨, 다시 침묵. 맞는 말이 이렇게 불편한 거였다니.

보안관들은 더는 답하지 않고 계인이를 지나쳐 갔다. 대신 아저씨에게 신고가 들어오지 않게 해 달라고 하곤 갔다. 계인이가 보안관들을 쫓아가려는 걸 아저씨가 말렸다.

우린 벤치로 가 앉았다. 더운 날씨가 아닌데도 아저씨 얼굴엔 땀이 주르륵 흘렀다. 아저씨는 멋쩍게 웃으며 수세미를 건넸다. 계인이 두 개, 나 두 개.

"반갑고 고맙고 그래서 주고 싶은데, 수세미라서 좀 그런가?"

계인이는 수세미 네 개를 다 받아 챙기곤 아이처럼 환하게 웃었다. 흐음, 두 개는 나 주신 건데?

"이곳에 와서 획득한 최초의 기념품입니다. 정말 기쁩니다."

아저씨는 계인이 말투가 참 재밌다며 킬킬 웃었다. 계인이는 알록달록한 수세미를 만지작거리더니 뭔가 결심한 듯 단호한 표정을 지었다. 불쑥 왼손을 내밀었다.

"제가 온 곳에서는 이럴 때 서로 손을 맞잡습니다."

아저씨가 고개를 끄덕이며 오른손을 내밀었다. 둘이 손을 맞잡는 순간, 아저씨는 경련하듯 온몸을 벌벌 떨었다. 머리카락이 곤두서고 눈동자가 돌아가 흰자위만 드러났다!

"아저씨!"

계인이는 여전히 아저씨 손을 꼭 붙잡고 있었다. 주위에서 파지직 파지직, 소리가 나더니 퍽, 지하철 역사에 불이 나갔다. 여기저기서 날카로운 비명이 들렸다. 난 비명도 못 지르고 완전히 굳어 버렸다. 1초, 2초, 불이 켜졌다. 스피커에서 긴박한 목소리가 나왔다. 죄송하다, 신속히 점검하겠다, 안내 요원의 지시에 따라 달라. 사람들은 재빨리 계단으로 뛰어 올라갔다. 아저씨는 축 늘어졌고 계인이는 거칠게 숨을 몰아쉬었다.

"계인 님!"

"다 끝났습니다. 이제 괜찮습니다."

"으, 머리야. 나 왜 이러고 있지? 그새 잠들었나."

아저씨가 절레절레 고개를 흔들며 일어섰다. 지이이잉, 아저씨 핸드폰이 울렸다.

"여보세요. 네, 접니다. 네? 정말요? 내일부터요, 네, 괜찮습니다. 네네, 그럼 지금 찾아가도 되겠습니까? 아, 바로 근처네요. 네, 다시 전화드리겠습니다!"

목소리에 밝은 웃음이 배어 나왔다. 아저씨는 지금 얼른 가 봐야겠다고 인사하곤 불편한 걸음을 서둘렀다. 계인이가 한숨을 푹 내쉬었다. 나는 더 크게 한숨을 쉬었다.

"난 계인 님이 지구를 멸망시키는 줄 알았어."

"아이고, 그런 귀찮은 일을 왜 합니까. 행성 하나 멸망시키는 데 필요한 서류가 얼만데요."

"……멸망은 쉬운데 서류가 어렵다?"

"그럼요, 멸망은 일도 아니죠. 창조가 어렵지. 창조는 서류까지 더 복잡해요. 아휴, 방금 그 개체 일도 창조에 속해요. 사유서를 써야 하는데, 아득합니다."

"방금 뭘 했다고요?"

"그 개체가 가장 절박하게 바라는 것이 이루어지게끔 인과를 조정했어요. 야나후에서는 일반적인 기술입니다만 지구에서는 없는 기술일 겁니다."

"대박! 그럼 아저씨 다리랑 팔이 괜찮아지는 건가요?"

"글쎄요, 아까 헤어질 때 신체 상태가 그대로인 걸로 봐선 절박하게 원하는 건 다른 거였을 겁니다. 아무튼 지금쯤 이루어졌을 거예요."

"아니 그렇게 좋은 걸 왜 안 썼어요? 인과 뭐시기로 다리 고쳤으면 오늘 편하게 다녔을 텐데!"

"제게 쓸 수 있는 인과 조정 허용치는 모두 사용했거든요."

계인이는 생글생글 웃으며 날 가리켰다. 나? 왜?

"402호로 이사 오기까지 쉽지 않았어요. 이 낯선 행성에서 진짜 친구를 만나기 위해서는요."

"친⋯⋯구?"

"아니요, 진짜 친구. 우주를 건너온 외계 생명체에게 귀 기울여 줄 사람이요. 지난 새벽에 내가 도와달라고 신호 보냈을 때 배키가 듣고 달려왔잖아요. 인과 허용치를 모두 사용한 보람이 있었습니다."

배시시 웃는 계인이를 보며 흠흠, 헛기침을 했다. 시끄럽다고 따지러 간 거는 끝까지 비밀로 해야지.

"나중에 야나후에 오시면 제대로 대접하겠습니다. 일단 오늘은 택배 박스에 있는 거 드릴게요."

"지하철 왔다, 빨리 가죠!"

휠체어가 부드럽게 나아갔다. 내일은 어디로 갈까? 오늘보다
는 덜 힘들면 좋겠다.

:

초등학교 2학년 때, 반에 한 아이가 있었습니다.

눈이 크고 둥근 단발머리에 피부가 새하얀 소녀였습니다. 소녀는 말이 없었고 행동이 많이 느렸습니다. 아이들이 놀리고 도망가도 화내지 않았고 누군가에게 같이 놀자고 하지도 않았습니다. 소녀는 혼자일 때가 많았습니다. 저는 소녀에게 같이 화장실에 가자고 했고, 같이 집에 가자고 했고, 같이 교실 청소를 하자고 했습니다. 소녀는 좋다 싫다 말하진 않았지만 가끔 희미하게 미소 지었습니다.

어느 날 교실을 청소할 때였습니다. 나무 마룻바닥에 앉아서 소녀랑 열심히 걸레질을 하고 있는데 몇몇 아이들이 다가와 물었습니다. 너 쟤랑 친구냐고, 이제 우리랑은 같이 안 놀 거냐고. 저는 소녀와 아이들의 얼굴을 번갈아 봤습니다. 소녀는 다방구도 돈까스도 고무줄 놀이도 할 줄 몰랐습니다. 저는 소녀의 곁을 떠나 아이들에게 갔습니다.

"아니야, 나 얘랑 친구 아니야."

그다음부터 저는 소녀와 같이 다니지 않았습니다.

선생님은 소녀를 놀리거나 괴롭히면 안 된다고 말씀하셨습니다. 하지만 소녀와 어떻게 어울리면 좋은지 알려 주진 않았습니다. 아마 선생님도 몰랐던 게 아닐까 합니다. 우리는 선생님께 혼나지 않는 방법을 찾았습니다. 우리는 조용히 소녀를 무시했습니다. 2학기 중간에 소녀는 전학을 갔고 저는 지금까지 미안하다는 말을 못 했습니다.

저는 이제 소녀가 없는 것처럼 지내지 않으려 합니다. 소녀가 소녀의 방법대로 말할 수 있도록 기다리고 경청하려 합니다. 함께 사는 법을 깨우치지 못해 창피하지만 용기 내어 인사합니다.

같이 어울려도 될까요?

선생님이 알려 주지 못한 것을 계인이가 알려 주었다면 더없이 행복할 것 같습니다.

문이소　걱정 많은 뻥쟁이, 어릴 적 만화책으로 한글을 뗐다. 떡볶이를 사랑하고 라면 없이 3일을 못 버틴다. 강아지랑 같이 살고 동네에 아는 고양이가 많아 심심할 새가 없다. 삐삐 롱스타킹과 앤 셜리를 흠모하며 SF와 판타지를 쓰고 그림도 그리고 가르치는 일도 한다. 『우주의 집』 『희망의 질감』 『마지막 히치하이커』 등 여러 책에 단편 원고를 실었다.

극복하고 싶지 않아

:

황 유 미

:

38번째 가사를 삭제하면서 생각했다. 삭제 버튼을 누르는 순간 없어지는 게 나였으면 좋겠다고. 그래, 지금 당장 사라져 버리는 편이 나을지도 몰라. 잠시만 지구상에서 삭제되었다가 10월 23일이 지나면 자동으로 복구되고 싶다. 안다, 헛소리인 거. 하지만 나는 지금 그 어느 때보다 절박하다.

마음에 드는 가사를 단 한 줄도 건지지 못한 리릭시스트(Lyricist)라니. 이래서야 공연 날만 손꼽아 기다리는 동아리 애들 얼굴을 볼 면목이 없다. 가사가 풀리지 않을 때마다 습관적으로 볼펜을 들어 연습장을 까맣게 칠했다. 까맣게 변한 연습장에 구멍이 숭숭 나 버렸다. 이런 식으로 요 며칠간 버린 연습장을 모으면 운동장에 커다란 피구 코트를 그려 낼 정도는 될 것이다. 절대 변할 리가 없다고 생각한 힙합에 대한 사랑까지 시험에 빠질 지경이다.

힙합 동아리에 들어오려고 오디션을 준비할 때도 이렇게까지 골치가 아프진 않았다. 다른 건 몰라도 가사 하나는 잘 쓴다는 걸 보여 줄 수 있는 증거가 차고 넘쳤으니까. 두툼한 연습장을 본 선배들이 '가사 쓰는 사람도 필요했다.'는 말로 환영 인사를 대신했으니 애초에 내 자리는 무대가 아닌 책상 앞이었다. 상관 없었다. 어차피 무대 위보다는 책상 앞이 편하니까. 무대 뒤에서 내 이야기를 가사에 담아내는 일이 좋았지, 무대를 방방 뛰어다 니며 사람들 앞에 서는 일엔 영 관심이 없었단 말이다.

사건은 두 달 전에 벌어졌다. 영문도 모르고 불려 간 교무실에 서 담임은 전에 없던 밝은 미소로 내 안부를 살뜰하게 물었다. 대충 학교생활에 어려움이 없는지 묻는 것 같았다. 과연 어려 움 없는 학교생활을 하는 학생이 이 지구상에 있을까 의문이었 지만 건성으로 고개만 끄덕였다. 일단 웃으면서 고개를 자주 끄 덕이다 보면 귀찮고 피곤한 면담 시간도 빠르게 끝이 난다. 그런 데 3분 컷일 줄로 알았던 면담이 길어졌다. 담임은 자꾸만 광대 를 씰룩거렸다.

"지형이한테 너무 좋은 기회가 왔어. 지형이가 세강예술제 무대에서 멋지게 공연하는 모습을 촬영하고 싶다는 연락이 온 거 있지?"

담임의 말에 나는 마음의 준비도 없이 공포 영화의 주요 장면을 본 것처럼 입을 벌리고 말았다.

Y방송사에서 〈3박 4일〉, 〈일일 한 끼〉 같은 유명 예능 프로그램을 연출한 피디가 운영하는 유튜브 채널 〈공부하면 뭐 하니〉에서 우리 학교를 배경으로 촬영하고 싶다는 것이다.

일반인 고등학생이 주인공인 예능 프로그램이라 그런지 애들 사이에서 인기가 좋았다. 영상이 올라온 다음 날이면 학교에서 온통 누가 잘생기고 예쁘더라, 누구는 내가 아는 친구의 친구인데 아이돌 연습생이라고 하더라, 누구 인스타그램에 들어가 봤다 하는 얘기뿐이었다. 영상이 올라가면 조회 수 100만은 우습게 나올 정도로 인기 있는 프로그램이다. 문제는 그 100만 중에 나는 없다는 거다. 그 프로그램을 나는 단 한 편도 보지 않았다. 그리고 앞으로도 볼 일은 없을 거라고 생각했다.

'무언가 착오가 있었던 게 아닐까요? 제가 주인공이라니요.'

"학생부에 남는 아주 좋은 이력이 될 거고, 자기소개서 쓸 때도 두고두고 요긴하게 써먹을 만한 에피소드가 될 거야."

거부하고 싶었지만 담임의 말에 나오려던 말이 쑥 들어가 버렸다.

고1, 3월 모의고사 가채점이 끝난 순간 '대학은 역시 수시다.'

라고 마음먹고 살아온 터라 기록할 만한 활동이라는 말에 솔깃했다. 내 안의 입시 괴물이 튀어나와 고개를 끄덕이는 바람에 머리가 터져 나갈 것 같은 고통에서 헤어 나오질 못하고 있는 상황이랄까.

볼펜 뚜껑 부분을 오른쪽 관자놀이에 대고 꾹꾹 누르며 한숨을 쉬었다. 가사는 여전히 제자리 걸음이었다. 이마에 열이 올랐다. 왼쪽 관자놀이에도 볼펜을 갖다 대려는 순간 책상이 흔들렸다. 고개를 들자마자 익숙한 눈과 마주쳤다. 이마의 열이 볼까지 내려왔다. 힙합 동아리 부장 문보람이었다.

2학년 8반 문보람, 세강고등학교 힙합 동아리 펀치라인의 부장이다. 별명과 랩 네임은 람보. 중학교 3학년 때 힙합 서바이벌 프로그램에서 4강전까지 진출한 실력자로 근방에서 람보를 모르는 애는 없다. 4강전에서 탈락한 지 얼마 지나지 않아 DM으로 유명 레이블의 사장인 제이팍이 영입 제안을 했지만 거절했다는 이유로 더 유명해졌다. 은퇴 기자 회견장의 여배우 같은 초연한 얼굴로 "힙합은 좋은데, 유명세는 피곤하다."는 말을 하던 람보의 표정을 나는 지금도 잊을 수 없다. 자기는 언더독이 체질이란다. 아마 그날 람보가 쏜 총알에 심장을 맞은 애들이 한둘이 아닐 거다.

"숙제 검사하러 왔습니다. 잘되고 있어?"

여느 때처럼 나는 방긋 웃어 보였다. 곤란할 때마다 웃어 버리는 게 차라리 편하다. 람보가 내 앞에 앉자 기다렸다는 듯 아이들이 몰려들었다. 친화력이 좋은 람보는 우리 반 아이들과도 금세 친해졌다. 창작의 고통으로 몸부림치는 상황에서도 단 하나 좋은 점이 있다면 람보가 거의 매일 우리 반까지 발걸음을 한다는 거다.

촬영 소식이 전해지자 우리 동아리, 펀치라인의 분위기는 매일이 첫 단독 콘서트를 앞둔 힙합 크루가 따로 없었다. 세강고등학교의 힙합 동아리, 콕 짚어서 내가 무대에 서기까지의 과정을 촬영하고 싶다는 피디님의 설명을 들은 뒤로 람보는 처음으로 나에게 따로 연락을 해 왔다. 같은 동아리지만 그간 람보와 나는 따로 이야기를 나눌 일이 없었다. 동아리의 대표로서 나를 돕고 싶다는 람보의 메시지를 받은 날, 깜짝 놀란 나는 휴대폰을 떨어트릴 뻔했다. 학교의 연예인이 나에게 먼저 연락을 해 오는 일이 벌어질 줄은 상상조차 못 했기 때문이다.

람보가 오는 날이면 조용하기만 했던 내 자리가 시끄러워졌다. 내 자리 주변이 이렇게까지 북적거린 적이 있었던가. 고개를 들어 주변을 바라보았다. 입을 벌린 아이들이 저마다 내는 소리가 순식간에 뒤섞여 커다란 파동을 만들었다. 분간이 되지 않는 소리가 '위이잉' 하고 부피를 키울수록 내 입꼬리도 한껏 올라갔다. 곤란할 때는 웃어 버리기. 눈앞에 있던 람보의 눈이 기분 좋게 휘어졌다. 동시에 옆에 있던 아이들도 입을 벌려 웃었다. 다행히 타이밍이 제대로 맞아 떨어진 것 같다.

　나만 느낄 수 있는 파동이 내 귓가를 맴도는 동안에도 아이들은 빠르게 재잘댔고, 쉬는 시간은 흘러갔다. 람보가 내 손을 잡고 두어 번 흔든 다음 미꾸라지처럼 유연하게 사라졌다. 쉬는 시간이 끝났다는 신호다. 무리의 중심에 있던 람보가 사라지자 다른 아이들도 순식간에 뿔뿔이 흩어졌다. 거칠게 울리던 소리들은 여전히 내 오른쪽 귓바퀴에 걸려 있었다. 할 수만 있다면 머리를 아프게 만드는 거추장스러운 소리를 다 쫓아내고 람보의 웃음소리만 골라 보관해 두고 싶었다.

　연습실의 커다란 전신 거울로 뚱뚱한 카메라 몇 대와 방송국 사람들이 보였다. 연습실에서 공연을 연습하는 모습을 촬영하는 날이었다. 살짝 열린 연습실 문틈으로 촬영을 구경하러 온 아이들의 얼굴도 슬쩍 보였다. 연습을 시작하기 전인데도 마이크를 쥔 손에는 땀이 흥건했다. 교복 치마에 축축한 손을 몇 번이나 닦아 내야 했다.

　"대본은 기본적인 가이드일 뿐이에요. 평소에 하던 대로 편안하고 자연스럽게 해 줬으면 좋겠어요. 서로 장난도 치면서 편하게 해요, 편하게. 알았지?"

　자신을 담당 작가라고 소개한 여자가 말했다.

　그 말을 듣자마자 나는 멤버들의 표정부터 살폈다. 역시나 다들 혼란스러운 얼굴이었다. '하던 대로'라는 상황은 우리 머릿속에 없었다. 내가 동아리 실에서 멤버들과 함께 연습한 적은 한 번도 없었기 때문이다. 지금 펀치라인의 연습실을 부자연스럽게 만드는 게 바로 나였다. 땀이 나서 축축해진 손이 더욱 거슬렸다. 마이크를 떨어트리기 일보 직전이었다.

"하나, 둘⋯⋯."

그때 람보가 박자를 세기 시작했다. 내 눈은 람보의 입 모양을 쫓았다. 셋, 소리와 함께 입을 떼야만 했다.

"셋!"

갑자기 배터리가 나간 휴대폰 액정처럼 머릿속이 까맣게 변해버렸다.

"다시, 다시 할게. 미안, 다시 하자."

억지로 웃으며 람보에게 박자를 다시 세어 달라고 부탁했다.

"그래. 떨지 말고 다시 해 보자. 준비되면 얘기할래?"

수십여 개의 낯선 눈들이 내 입만 바라보고 있었다. 시큰둥한 표정으로 휴대폰을 꺼내 드는 애들도 있었다. 손가락으로 나를 가리키며, 옆에 있는 애한테 말을 거는 애도 보였다. 무슨 말을 하는지는 알 수 없었다. 모두 내가 입을 떼기만을 기다렸다. 기다리느라 지루해 죽겠다고, 힘이 든다고, 그렇게 다들 나를 향해 불만을 토하고 있는 것 같았다.

"준비됐어. 다시 하자."

모두를 기다리게 할 수는 없었다. 신호를 받은 람보가 박자를 셌다.

"하나, 둘……."

마이크를 쥔 손에서 경련이 일어날 것 같았다. '셋'과 동시에 내 입은 부지런히 떠들었지만 머릿속은 무슨 말을 하고 있는지 모를 정도로 새하얀 백지가 되었다. 박자를 세던 람보의 표정이 딱딱하게 굳었다. 동시에 내 몸도 뻣뻣해졌다. 온몸의 근육이 뻣뻣하게 굳어 버리자 혀까지 멈춰 버렸다. 준비한 랩을 다 끝내기도 전에 그만 마이크를 떼 버리고 말았다.

"지형아, 왜 그래?"

람보가 물었다. 가까이 다가온 람보의 표정이 그 어느 때보다 심각해 보였다. 형편없는 랩이었던 게 분명했다. 게다가 중도 포기라니, 최악이다. 최악이라고 생각하는 와중에도 내 눈은 끊임없이 연습실에 있는 사람들의 표정 변화를 살폈다.

"자, 잠깐만 여러분. 주목!"

주먹을 쥔 손을 들어 올린 작가님은 아이들에게 무언가 지시하려는 것 같았다. 작가님이 갑자기 거울을 등지고 이야기하는 바람에 무슨 지시를 하는지 파악할 수 없었다. 이윽고 나를 제외한 모든 아이들이 일사불란하게 움직였다. 이 공간에서 제자리를 찾지 못하는 사람은 나뿐이었다.

"너 괜찮아?"

람보가 다시 물었다. 손가락으로 나를 가리키던 애는 옆 사람과 귓속말을 하기 시작했다. 두 사람이 나를 보며 키득거리는 게 눈에 들어왔다.

"아까처럼 한 번만 더 해 볼까?"

피디님이 다가왔다.

"네, 다시 할게요!"

나는 일부러 더 씩씩하게 고개를 끄덕였다. 다시 묵직한 비트 소리가 느껴졌고, 나는 마이크를 들어 첫 마디부터 내뱉었다. 한 단어, 한 단어를 내뱉을 때마다 무시하려 해도 거울에 비친 사람들의 표정 하나하나를 관찰하게 되었고, 낯선 사람들의 눈빛이 따갑게 느껴졌다. 지루함을 참지 못하는 표정, 짜증 섞인 답답함이 가득한 얼굴들이 보였다.

삐—.

순간 연습실 안의 모든 소리가 한 덩어리가 되어 오른쪽 귀를 때리는 것 같았다. 다시 마이크를 내려놓았다. 이명인지 무엇인지 알 수 없는 잡음 때문에 속이 울렁거렸다. 그 와중에도 재빠르게 아이들의 표정부터 살폈다.

"……왜 그래?"

람보의 얼굴 너머로 아이들의 표정이 보인다. 당혹스러움, 불만, 혼란, 짜증이 뒤섞인 냉랭한 표정이었다. 아이들의 얼굴을 보자 이대로라면 무대를 망쳐 버릴 거라는 두려움이 몰려왔다.

삐이이—.

오른쪽 귀에서 경보음 같은 소리가 다시금 윙윙 울렸다. 당장이라도 거추장스러운 보청기를 떼어 내고 싶었다. 유치하게 놀리며 괴롭히는 나이는 지났으니 지금 당장 보청기를 꺼내도 놀림감이 되지는 않겠지만 모두들 나에게서 시선을 거두지 않을 것이다. 놀림을 당하지는 않아도 언제나 눈치를 봐야 했다. 상황을 파악하기 위해 두 눈을 열심히 굴려도 지금처럼 다른 사람은 아는데 나만 모르는 것들은 늘어나기만 했다. 언제나 나만 엉뚱한 곳에 너무 많은 힘을 쏟고 있는 기분이었다. 웅성거리는 아이들의 말소리는 기분 나쁠 정도로 부피가 커져 갔다.

"다시 한 번 해 보자."

피디님이 나에게 말을 걸며 다가왔다. 거울 속에는 여전히 내입 모양만 주시하는 수십 개의 냉랭한 얼굴이 가득했다. 다시 음악이 울리면 저 얼굴들 앞에서 나는 또 같은 짓을 반복해야만 한다는 거지.

삐이— 삐—.

잡음은 그 순간에도 심해지고 있었다. 나는 그대로 마이크를 바닥에 내려놓았다.

"저기……."

내 옷자락을 붙잡은 람보의 말이 끝나기도 전에 나는 연습실을 뛰쳐나오고 말았다. 안전한 곳으로 가고 싶었다. 듣지 않아도 되는 곳, 소리로부터 도망칠 수만 있다면. 아무것도 듣고 싶지 않아, 듣지 않을 수만 있다면. 잠시라도 소리에서 해방되고 싶었다.

겨우 찾아낸 장소가 여자 화장실이라니. 어이가 없어서 한숨이 나올 뻔했지만 학교에서 잠깐 몸을 숨길 만한 장소라고는 화장실밖에 없었다. 화장실 칸에 들어오자마자 버릇처럼 주위부터 확인했다. 아무도 없다는 걸 알면서도 주변을 확인한 뒤에야 내 오른쪽 귀에 들어 있던 코난을 꺼내 주었다.

코난이란 이름은 내가 13살에 처음 보청기를 맞춘 날 지어 준 이름이다. '보청기'란 단어를 언급하는 것조차 꺼리는 어른들을 보며 다른 이름을 붙이고 싶었다. 코난이 내 귓가에 살게 된 이후로 나는 마음 답답한 일이 생길 때마다 코난을 불렀다. 혼자 있을 때면 코난을 꺼내 주고, 코난에게만 속마음을 털어 놓았다.

혼자 있는 비밀스러운 장소에서만 코난을 불러 내는 이유는 녀석이 내 귀에 없는 상태에서 사람을 만나면 꼭 곤란한 일이 생기기 때문이다. 가령 뒤에서 내 이름을 부르는데 듣지 못해서 무시하고 지나친다거나, 그렇게 휙 가 버리는 바람에 싸가지 없는 애라는 소문이 돌고, 소문을 곧이곧대로 믿는 줏대 없는 아이들 사이에서 투명 인간이 되어 버리는 그런 일.

코난과 대화할 때는 편안하다. 말하지 않아도 통하니까. 소리를 내고 싶지 않을 때 침묵할 수 있다. 이해할 수 없는 말을 들을까 봐 긴장할 필요도 없다. 의미를 추측하고 헤아리는 눈치 게임을 하지 않아도 된다. 나는 버릇처럼 코난에게만 들리는 언어로 말을 걸었다.

네 생각은 어때, 코난? 연습하면 나아질까? 내가 제대로 하고 있는 건 맞을까? 내 랩이 어떻게 들릴 것 같아?

연습실에서 보았던 람보의 무표정한 얼굴, 내 얼굴만 뚫어져라 보던 따갑고 차가운 눈동자들이 자꾸만 생각났다. 지금쯤 모두들 연습실에서 나를 탓하고 있을까. 연습을 망쳤고, 나를 돕던 람보의 손마저 뿌리치고 도망쳐 버렸다.

그런데 정말 내가 무대에 서도 되는 걸까?

대답 없는 코난에게 물었다. 이런 질문을 코난이 아닌 다른 친구에게 한다는 상상은 할 수 없었다. 어떤 대답이 들려올지 무섭기만 했다. 난감한 표정을 숨기지 못한 채 상처 주지 않을 말을 억지로 골라 내는 것 또한 보고 싶지 않았다. 어떤 반응이든 두려운 건 마찬가지였다. 허벅지에 진동이 느껴져서 휴대폰을 확인했다.

부재중 전화 두 건. 〈공부하면 뭐하니〉 피디님이었다. 나는 휴대폰을 던져서 찹쌀떡처럼 하얀 피디님의 얼굴에 명중시키고 싶은 충동을 느꼈다.

그래서 그대로 학교를 나와 버렸어요. 담임한테는 아프다고 말했더니 집에 가서 쉬래요. 어차피 저만 보면 불쌍하다는 눈빛이니까 아프다고 하면 그러려니 할 거예요. 피디님과 작가님은 그 뒤에도 번갈아 가며 연락을 했어요. 이번에도 '전화'로요.

분이 풀리지 않은 나는 평소보다 1.5배는 빠른 속도로 실시간 댓글을 보냈다.

어떻게 제 상황을 알면서도 매번 전화로 설명하려고 하는지 이해가 가지 않아요. 청각장애를 극복하고 무대에 서는 모습을 담아내고 싶다는 섭외 내용을 말할 때부터 저는 메시지로 대화하자고 부탁해야만 했어요. 그 뒤에도 몇 번이나 같은 일이 있었고요. 그 정도로 얘기했으면 제 입장에서 한 번은 생각해 볼 수 있지 않아요?

부지런히 눈을 굴리던 소리 언니의 얼굴도 서서히 일그러지더니 불쾌감이 느껴졌다. 언니는 그런 사람은 피디님도 아닌 피디 놈이라며 멱살 잡는 시늉을 했다. 언니의 말이 통쾌해서 웃음이 터져 버렸다. 댓글에도 공감하며 분노하는 사람들이 많았다. 배려 없는 사람이 참 많다며 내 편을 드는 댓글을 읽으니 얼어붙었던 몸도 조금씩 녹아들었다.

소리 언니의 채널 〈소리보다〉에서는 한 달에 한 번씩 라이브 방송을 한다. 소리 언니 옆에는 수어 통역사가 있고, 자막도 보인다. 자막 통역이 제공되기 때문에 누구나 방송을 즐길 수 있다. 한글 자막이 없어서 조회 수 100만이라는 〈공부하면 뭐하니〉도 보지 않았던 나지만 〈소리보다〉는 구독자 97명일 때부터 꼬박꼬박 챙겨 보았던 이유다. 〈소리보다〉에서는 한 박자 늦게 웃거나, 웃는 척하지 않아도 된다. 소리 언니가 구독자 100만 유튜버가 되는 그날까지 충성할 거라고 맹세하며 '다들 공감해 주셔서 감사합니다.'라는 댓글을 남겼다.

"오늘은 친구를 초대해서 이야기를 나눠 보려고 해요."

구독자들의 사연 소개가 끝나자 화려한 남색 복면을 뒤집어 쓴 사람이 소리 언니 옆에 앉았다. 반짝이는 큐빅 장식에 공작 새 깃털까지 달린 요란한 복면으로 얼굴을 가려서 성별은 물론 나이대도 가늠할 수 없었다. 소리 언니는 방송에 자주 친구들을 초대했다. 소리를 읽는 친구, 소리를 듣기도 하지만 읽을 수도 있어서 농인과 청인 사이에서 통역을 한다는 친구들을 번갈아 가며 초대했다. 살면서 나와 비슷한 사람을 만날 기회가 거의 없었던 나에겐 신기하기만 한 일이었다.

"이 친구도 저처럼 농인 부모님에게서 태어났지만 청인이에요. 저처럼 음성 언어보다 수어를 먼저 배운 친구예요. 그래서 오늘 준비한 주제는 '코다가 코다에게 묻다'예요. 얼굴은 가렸지만 솔직하게 대답해 주는 거죠?"

복면을 쓴 소리 언니의 친구가 고개를 크게 끄덕였다. 고개를 끄덕이면서 손을 함께 쓰는 동작이 조금 특이했다. 리듬을 타는 것 같은 느낌 있는 동작이 눈길을 끌었다. 마치 어디선가 본 듯한, 눈에 익은 습관이었다. 힙합 아티스트가 출연한 다큐멘터리나 인터뷰에서 자주 보이던 독특한 제스처와 남색 복면을 쓴 오늘의 초대 손님이 겹쳐 보였다.

학교가 이렇게 가까웠던가. 일부러 가장 먼 길을 택해 둘러 왔지만 학교 건물은 야속할 만큼 눈에 잘 띄었다. 죄인처럼 고개를 숙이고 바닥만 보면서 교실까지 걸어갔다. 맨 앞줄인 내 자리까지 무슨 정신으로 걸어왔는지 모르겠다. 어쩐지 오늘따라 모두들 나만 쳐다보는 것 같았다. 다행히 교문에서 4층 교실까지 걸어오는 동안 동아리 아이들과 마주치진 않았다. 동아리 멤버들이 잔뜩 기대하던 촬영 날이었는데, 공부와 시험뿐인 학교생활에 한 줄기 빛이 되어 준 이벤트를 망쳐 버렸으니 따가운 눈초리를 받을 게 분명했다. 미움을 받아 동아리에서 쫓겨나는 상상을 하면 심장이 따끔거렸다.

점심시간이 지나도 랍보는 우리 반으로 찾아오지 않았다. 어제 부재 중 전화도 피디의 번호뿐이었다. 펀치라인 동아리 채팅방도 조용하다. 원래 친한 애들끼리는 따로 채팅하는 걸 알고 있기에 그다지 이상한 일도 아니지만 신경이 쓰였다. 나만 없는 방에서 무슨 이야기가 오갈지도 두려웠다. 폭풍전야, 회오리가 휘몰아치기 전의 정적일지도 모른다는 생각에 불안했다. 동아리방에 가서 사과부터 해야 할까.

코난, 너라면 어떻게 사과했을 거 같아?

오늘도 침묵을 지키는 코난에게 먼저 사과 연습을 했다.

공연 연습을 망쳐 버려서 미안해. 어처구니없이 촬영을 파투 내서 미안해. 정말 잘하고 싶었어. 하지만 쉽지 않아. 나에겐 연습실의 모든 풍경이, 너희가 나누는 말이 낯설어. 절대 공연을 가볍게 여긴 건 아니야.

전하고 싶은 말이 흘러 넘쳐서 턱 끝까지 올라왔다. 코난에게 했던 말을 그대로 적었다. 단체 채팅방에 메시지를 전송하려는데 갑자기 어제 읽은 말이 생각났다.

중요한 건 상대방이 사과를 받을 마음이 있어야 한다는 거겠죠.

어제 〈소리보다〉에서 읽은 말이다. 친구와 싸웠는데 사과를 어떻게 해야 할지 모르겠다는 구독자에게 소리 언니가 해 준 조언이었다.

내 마음 편하자고 하는 사과와 진정한 사과는 다른 것 같아요.

다정하지만 명확한 소리 언니의 조언이 떠올랐다. 길게 쓴 메시지를 지웠다. 아직 상대의 마음도 모르는데 무작정 내 마음을 던져 버리고 싶진 않았다.

코난, 나 이제부터 용기가 필요할 것 같은데 힘을 좀 줄래?

불안할 때마다 매달리는 코난의 이름을 한 번 더 불러 본 뒤에 람보네 반으로 향했다.

불러낸 건 나인데 막상 둘이 있으려니 어색해서 얼굴을 똑바로 쳐다볼 수 없었다. 등나무 아래에 앉은 나와 람보는 한동안 말이 없었다. 고개를 돌려 람보의 옆모습을 보았다. 성난 로봇 같은 표정이다. 아무래도 단단히 화가 난 것 같아 미안하단 말부터 하려는데 눈앞에 웬 종이가 팔랑거렸다.

핸디랩. 알아?

마치 출력한 것 같은 단정한 글씨에 하마터면 고백할 뻔했다. 글씨까지 잘 쓰다니, 너는 대체 못하는 게 뭐냐고 호들갑 떨고 싶은 마음을 진정시키고 고개를 끄덕였다. 람보가 쥐고 있던 펜을 내밀었다. 마치 네 이야기를 들을 준비가 되었다는 신호를 보내는 것처럼. 연습장과 볼펜을 내미는 두 손에서 온기가 전해져 오는 것 같았다. 손가락이 바들바들 떨리진 않을까 의식하면서 볼펜을 넘겨받았다.

알아. 그런데 그건 왜?

핸디랩이라면 〈소리보다〉에 올라온 영상을 돌려 보다가 알게 되었다. 소리 언니의 친구이자, 수어로 랩을 하는 아티스트 제나 님이 초대 손님으로 나왔던 영상을 본 적이 있다. 제나의 영상을 찾아보며 묵직한 비트에 맞춰 자신이 하고 싶은 말을 손으로 표현하는 모습에 푹 빠져 처음으로 수어를 배우고 싶어졌다. 그때부터 엄마와 아빠를 졸라 수어를 배우기 시작했으니 핸디랩을 모를 수가 없다.

너는 네 이야기를 어떻게 전달하고 싶어?

갑자기 핸디랩 이야기를 꺼내는 것도 의아한데 람보는 묘한 질문을 했다. 펜을 쥐고 한참을 머뭇거렸다.

그런 건 한 번도 생각해 본 적 없다. 처음 힙합을 좋아하게 된 건 내 이야기가 하고 싶어서였다. 솔직한 가사로 내 이야기를 투명하게 전달할 수 있다는 점이 좋았다. 그래서 가사를 썼고, 동아리에 들어갔고, 계속 내 이야기를 쓰고 또 썼다. 내 이야기를 담은 가사로 다른 애들이 공연을 하면 충분하다고 생각했다. 다른 방법이 있다는 생각을 해 본 적이 없었다. 자꾸만 오답을 내는 친구에게 스리슬쩍 힌트를 흘리는 것 같은 람보를 보면서 다른 방법도 생각해 보고 싶어졌다. 그런데 람보, 나한테 화난 거 아니었나?

점심시간 끝. 일단 들어가자. 생각해 보고 말해 줘.

우리는 운동장을 가로질러 교실로 걸어갔다. 곁눈질로 람보의 얼굴을 힐끔거렸다. 딱딱한 표정은 여전했다. 아무래도 지금이 아니면 다시는 기회가 오지 않을 것 같았다.

"미안해. 어제 그렇게 가 버려서 모두한테 미안해. 나라도 정말 화났을 거야."

종이에 글씨를 꾹꾹 눌러쓸 때처럼 한 마디 한 마디를 힘껏 말했다.

"그러면 동아리방에 와서 방금 전 질문에 대한 답을 들려줘."

람보가 버릇처럼 얼굴을 가까이하며 말했다.

"생각해 보니까 공연에 대한 네 의견은 물어본 적이 없더라. 네 생각은 다를 수도 있는데, 모두 그걸 깜빡했어. 너무 늦게 물어본 것 같지만 지금이라도 말해 줘."

아직 여름의 기운이 남아 있는 물기 있는 더운 바람이 우리 사이를 지나갔다. 무표정한 로봇 같았던 람보의 입가가 살짝 씰룩였다.

어라, 지금 웃는 건가?

적대감으로 똘똘 뭉쳐 있을 거라고 생각했는데, 예상이 빗나갔다. 동아리 탈퇴라는 최악의 시나리오까지 썼던 어젯밤의 나를 생각하니 민망했다. 진작 이야기할걸. 모두가 바라보는 가운데 내 생각을 이야기해야 한다는 숙제 아닌 숙제가 하나 더 생겼지만 마음이 한결 가벼워졌다.

그런데 람보는 어떻게 핸디랩을 아는 거지?

생각할수록 이상했다. 우연히 유튜브에서 영상을 보다가 알게 되었을 수도 있지만 자연스럽게 필담을 나누는 모습이나 상대방과 유독 얼굴을 가까이하는 태도, 눈에 띄게 큰 손동작. 이 모든 특징을 우연이라고 말하기엔 석연치 않았다.

곰곰이 람보의 습관을 되짚어 보다 번뜩 한 장면이 생각났다. 마치 리듬을 타는 것처럼 느낌 있던 독특한 손동작. 화려한 남색 복면을 뒤집어쓴 소리 언니의 친구. 소리 언니처럼 코다라는 소리 언니의 친구가, 설마? 심장이 빠르게 뛰기 시작했다.

"기분은 좀 어때?"

"그냥 적당히 떨려."

사실은 보통 떨린 게 아니었다. 이러다 심장이 튀어나오는 게 아닐까 걱정하고 있었지만 아무렇지 않은 척했다. 세강예술제의 마지막 순서, 힙합 동아리 펀치라인의 무대가 얼마 남지 않았다. 나는 무대 뒤 대기실에서 내 차례를 기다리고 있다.

내 이야기를 어떻게 전달하고 싶은지 생각해 보라는 이야기를 들은 다음 날, 나는 펀치라인 동아리실로 가기 전에 람보를 먼저 찾아갔다. 가사만 써서 전달하다가 처음으로 멤버들 앞에서 내 의견을 이야기하는 자리를 앞두고 지원군이 필요했다. 이번엔 나만 있는 장소에서 코난의 이름을 부르는 대신 람보를 불러냈다. 람보는 흔쾌히 멤버들을 모아 자리를 마련했다.

"애들아, 지형이가 공연에 대해 할 말이 있대."

모두 내 이야기가 끝날 때까지 기다리는 상황은 진땀이 날 정도로 어색했다. 점점 집중력이 흐려지는 것 같은 심드렁한 아이들에 용기가 꺾일 때면 람보를 바라보았다. 내가 화난 것 같다고 생각한 그 단단하고 흔들림 없는 눈을 바라보며 다시 중심을 잡았다.

알고 보니 람보는 집중하면 성난 황소 같은 표정이 되어 버린다고 했다. 평소에도 무슨 안 좋은 일 있냐는 오해를 많이 받았다고. "연습을 망친 날 네가 단단히 화난 줄 알았어."라는 내 말에 람보는 "네가 잘하진 않았지만 화가 나진 않았다."고 했다. 그 투박하고 솔직한 말을 듣자 어쩐지 속이 시원해졌다.

"무엇보다 네 가사가 좋았거든."

람보는 내가 쓴 가사에 내가 빠져들지 못하는 게 문제라고 생각했단다. 람보의 말대로 가사를 소리로 뱉어 낼 때 나는 내 이야기에 충분히 집중할 수 없었다. 내 이야기를 손으로 전달하고 싶다는 의견을 냈고, 소리 언니를 통해 핸디랩 아티스트 제나에게 연락했다.

그 뒤로는 연습 또 연습이었다. 수어 실력이 형편없는 내가 손으로 랩을 한다는 건 정말이지 쉽지 않았다. 이 열정이면 서울대 가겠다는 내 말에 펀치라인 멤버들도 "그럴지도?"라고 대꾸할 정도였다. 멤버들과는 여전히 어색하다.

"……그래서 어제…… 가 버렸다고."

말이 끝나기가 무섭게 모두 웃음을 터뜨렸다. 딱 한 명, 나만 빼고. 사람이 여럿 모여서 떠드는 동아리방에서 나는 여전히 아이들이 하는 말을 알아듣지 못해 심심해할 때가 많다.

"야, 지형이 못 알아들었어."

"아, 그러니까 내가……."

다시 말을 시작하는 애의 눈을 바라보았다. 달라진 게 있다면 이제 억지로 웃는 버릇은 많이 없어졌다는 것. 가끔은 그런 내 표정을 읽은 애들이 내가 이해하지 못했다는 걸 눈치채고 다시 말하기도 했다. 물론 그런 날은 아주 가끔인데다가 내 표정을 살피는 애라고는 한두 명 정도긴 하지만. 그래도 복도에서 마주 치면 반갑게 인사할 애들이 늘어났다는 건 신기하다. 학교에 다 니며 요즘처럼 많은 애들과 인사하면서 지낸 적이 없었다.

오늘 공연에서 무대 뒤 스크린에 띄울 자막 영상은 람보가 준 비했다. 마이크를 쥔 손에서는 벌써 땀이 난다. 대범한 척하고 있지만 오줌이 찔끔 나올 정도로 떨린다. 그래도 이번엔 도망치 지 않을 거다. 내 이야기를 대신할 사람은 없으니까. 오늘 이 무 대에서 꼭 해야 하는 이야기가 있으니까. 남색 복면을 쓴 소리 언니 친구가 했던 말을 되새긴다.

"부모님이 부끄러워서 숨기는 게 아니에요. 부모님에 대해 설 명하는 그 순간 늘 불우한 환경을 극복한 학생이라는 딱지가 붙는데 그 딱지를 떼고 싶었을 뿐이에요. 농인 부모님을 두었지만 그게 저라는 사람의 전부가 아니에요. 그리고 저는 뭘 극복하려고 살아 본 적은 없어요. 제게 주어진 환경이 극복하고 이겨 내서 바꾸어야만 하는 상태라고 생각하지도 않고요. 저는 부모님과 손으로 말해요. 말하지 못하는 게 아니라, 우리는 다르게 말해요."

소리 언니의 멋진 친구가 한 말을 나는 방 안에서 몇 번을 돌려 보며 연습장에 따라 써서 외워 버렸다. 그리고 그날부터 가사를 새로 쓰기 시작했다. 오랫동안 막혀 있던 수도관이 뚫린 것처럼 쏟아져 나오는 이야기를 거침없이 써내려 갔다.

어느 한 부분도 허투루 쓰진 않았지만 가장 마음에 드는 부분을 골라 보자면, '극복하고 싶지 않아.' 이 부분이 마음에 든다. 마지막으로 가사를 복기하는데 람보가 다가왔다.

"준비됐어?"

공연 3분 전이라고 한다. 거울을 꺼내 머리 모양부터 얼굴까지 허둥지둥 살피는데 람보가 웃더니 손을 들었다. 그러더니 검지를 볼에 대더니 바깥으로 돌리면서 환하게 웃었다.

예쁘다.

예쁘다, 라는 의미의 수어였다. 내가 잘못 본 게 아니라면 람보가 방금 그렇게 말했다.

:

소설을 쓰는 일이 어려운 이유는 내가 모르는 삶, 경험해 보지 못한 이야기를 그럴듯하게 그려 내야 하기 때문이다. 지형의 삶을 상상할 때도 같은 어려움이 있었다. 후천적 청각장애가 있는 지형, 친구들이 하는 말을 듣기 어려운 지형, 랩을 할 수 없는 지형……. 지형의 삶을 그려 내다가 '할 수 없는'이라는 수식어가 반복된다는 걸 깨달았다.

유독 장애인이 등장하는 이야기에는 '장애'라는 정체성을 소거하면 아무것도 남아 있지 않은, 캐릭터를 납작하게 묘사한 텅 빈 이야기가 많은 것 같다며 툴툴대곤 했는데 같은 실수를 저지르고 있었다. 그때부터 지형의 다른 부분, 지형이 할 수 있는 일, 지형이 좋아하고 싫어하는 것들을 상상했다. 작디작은 유리알을 모아 이어 붙이면서 여전히 내가 지형이란 인물을 언제라도 깨질 수 있는 연약한 구슬처럼 대하고 있다는 생각에 이르렀다.

그러다 어느 날 '극복하고 싶지 않아!'라는 말이 떠올랐다. 말수가 적고 사교성이 발달하지 않았던 어린 시절에 나의 무뚝뚝함, 수줍음을 교정하려고 드는 친구들과 어른들, 세상을 향해 내가 외치고 싶었던 말이기도 하다.

역경과 어려움을 극복하는 방법을 배워야 하는 시기가 있다. 하지만 역경을 '나다운' 방식으로, 자기 자신을 잃지 않는 방식으로도 극복 가능하다는 걸 말해 주고 기다려 주는 인내심 있는 어른이 더 많아졌으면 한다. 지형의 방식대로, 우리는 우리의 방식대로. 모두가 고유한 속도와 리듬으로 이야기해도 마음이 통하는 순간을 기다린다.

황유미 나를 위해 쓰고 있다고 말하지만 내심 누군가에게 말을 걸기 위해 소설을 쓴다고 믿는 사람. 어린 시절부터 반에서 가장 말수가 적고 수줍음이 많은 친구들에게 눈길이 갔다. 지금도 무대 앞에서 반짝이는 사람보다 뒤에서 말을 삼키는 이들에게 관심이 많다. 앞으로도 조용한 사람들의 목소리에 귀 기울이는 이야기를 쓰고 싶다. 쓴 책으로 『피구왕 서영』 『오늘도 세계 평화를 찾아 주셔서 감사합니다』 『수프 좋아하세요?』 등이 있다.

코끼리의 방식

:

김 혜 정

:

눈을 떴을 때 코끼리가 머리맡에서 나를 내려다보고 있었다. 병원에 온 지 사흘째인데, 으스름 녘이면 어김없이 녀석이 찾아왔다. 어제까지는 창밖에서 기웃거리기만 하더니 오늘은 병실 안으로 들어왔다. 유치원 다닐 때 동물원에서 코끼리를 보긴 했지만 이렇게 가까이서 코끼리를 보는 것은 처음이었다. 덩치가 어마어마하게 컸다. 위로 뻗은 코가 여차하면 천장을 뚫고 올라갈 기세였다. 커다란 양푼을 엎어 놓은 것 같은 이마에는 털이 듬성듬성 나 있었다. 무엇보다 눈빛이 투명했다. 나는 그 눈빛에 이끌렸다.

어디에선가 노래 '작은 것들을 위한 시'가 흘러나왔다. 녀석이 병실 한가운데서 코로 원을 그리며 제자리 돌기를 시작했다. 리듬에 맞춰 발을 빠르게 움직이기도 하고 느리게도 하면서, 리듬에 몸을 내맡기고 춤을 추었다. 쉴 새 없이 코로 땀을 빨아들이면서도 춤을 그치지 않았다. 나는 웃음이 비어져 나왔다. 어느새 아픔도 잊히고 죽음에 대한 두려움도 사라졌다.

"넌 왜 춤을 추는 거야?"

"춤추는 데 이유가 필요한가? 뭐 굳이 말하자면, 춤을 출 때는 내가 아닌 다른 내가 되거든."

녀석이 코를 길게 뻗은 채 발을 굴렀다. 창문을 타고 넘어온 바람이 녀석의 엉덩이를 때렸다. 녀석의 눈가에 주름이 지고 귀가 펄럭거렸다. 미소! 그것은 보이는 것 이전에 마음으로 알 수 있었다. 나는 녀석의 미소가 나를 훑고 지나가는 것을 온몸으로 느꼈다.

처음 만났을 때도 녀석은 그런 미소를 지었다.

그날 새벽부터 나는 몸에 열이 오르고 사물이 겹쳐 보였다. 구급차에 실려 병원으로 왔다. 그런데 으스름 녘에 녀석이 불쑥 찾아와서 미소를 지었다. 순간, 깜깜한 하늘에 별이 돋는 느낌이었다.

"내 이름은 시누야."

나는 마법에 걸린 것처럼 시누, 하고 불러 보았다. 혀에 착 감기는 이름이었다. 녀석과 친구가 될 수 있을까? 친구를 사귄 것은 유치원 시절이 마지막이었다. 재능발표회의 연극 파트너였던 지유. 초등학교 1학년을 기점으로 나는 주름이 늘고 살이 처졌다. 지금 보니까 코끼리 피부와 닮았다.

"내가 여기에 온 이유는 가뭄 때문이야. 물이 없으면 우린 살 수가 없는데 하필 가뭄이 들었거든."

코끼리에게 가뭄은 치명적이었다. 정부에서는 코끼리들을 경매로 내놓았고 시누는 우여곡절 끝에 서커스단으로 팔려 왔다. 시누 나이 열세 살 때였다. 춤을 잘 춰서 인기가 많았는데 혹사 당해 병이 들었다. 견디다 못해 도망쳤다. 그 후로 사람의 꿈속을 드나들며 살고 있다.

"꿈속에서 산다고?"

"응. 지금도 난 네 꿈속에 들어와 있는 거야."

대평원을 주름잡던 코끼리가 사람의 꿈속에서 산다는 게 말이 되나. 더구나 나처럼 아픈 애의 꿈속이라니.

"넌 많이 자니까 네 꿈속에 들어오면 오래 머무를 수 있어."

나는 자주 잠에 빠져들었고, 한번 잠들면 좀처럼 깨어나지 못했다. 그건 내가 면역력이 떨어졌기 때문이고, 죽음에 다다랐다는 증거이기도 했다. 어쨌거나 꿈속이든 뭐든 나를 필요로 하는 존재가 있다니 기분이 묘했다.

"그런데 내 꿈속엔 어떻게 들어온 거야?"

"네가 외로워했기 때문이야."

내가 외로워하는 걸 알아챘다니, 제대로 한번 싸워 보지도 못하고 녀석에게 진 느낌이었다.

"네 꿈속에 들어오면 고향에 온 것 같아. 아프리카의 대평원 말이야……. 사실, 난 몸이 아파서 곧 이 세계를 떠날 수밖에 없거든. 그래서 고향으로 돌아가려고."

시누는 조상들의 무덤을 찾아갈 생각이었다. 오래 전, 시누의 아빠도 그럴 생각이었다. 하지만 시누가 엄마의 대를 이어 무리의 대장으로 임명되어 시누를 두고 떠날 수가 없었다. 어느 날 무리가 사자의 습격을 받았는데 아빠는 시누를 구하고 그 자리에서 숨졌다. 시누는 무리와 함께 날마다 아빠의 시신 곁을 맴돌았다. 그러던 중에 가뭄이 찾아왔다. 살가죽이 늘어나고 엉덩이뼈가 드러났다. 무리는 물을 먹기 위해 경쟁하지 않으려고 각기 다른 곳으로 이동했다.

"내가 고향에 가려고 하는 이유는 또 있어. 거긴 낭만이 있거든. 맘껏 노래하고 춤도 추지. 한마디로 영혼의 자유를 흠뻑 누릴 수 있는 곳이야."

그런 곳이라면 나도 한번 가 보고 싶었다. 하지만 몇 걸음만 떼어도 힘이 부쳤다. 유튜브에서 탐험대를 본 뒤 탐험가를 꿈꾸기도 했는데……. 아직도 죽기 전에 꼭 해 보고 싶은 것이 있다면, 그건 탐험이었다. 할 수 없어서 더욱 간절한 것인지도 모른다.

시누가 천천히 코를 앞으로 뻗었다가 말아 올렸다. 온 마음을 기울이는 몸짓이었다. 빛이 터지는 순간처럼 주변이 환해지는 느낌이었다.

"거긴 코끼리들만 있어?"

"기린, 영양, 꿀벌, 개미……. 죽음을 받아들이고 준비하는 생명들이 있어. 먼 곳에서 찾아오는 사람도 있고."

그 말이 가슴을 파고들었다.

"너도 머지않아 이 세계를 떠날 거잖아."

내가 곧 죽는다는 걸 알고 있다고? 이번에도 내 안의 뭔가를 들킨 기분이었다. 하지만 외로워하는 걸 들켰을 때와 달리 마음이 편안했다.

"네가 죽음을 두려워하고 있다는 것도 알아."

나는 침묵하는 것으로 그것을 인정했다. 죽음이 어떤 것인지는 모르지만 혼자가 된다는 건 어렴풋이 짐작할 수 있었다. 그러니까 나는 죽음보다 혼자가 되는 걸 두려워하는지도 모른다.

"두려워하지 마 죽음 너머의 세계가 어떤 곳인지는 몰라도 누구나 언젠가는 가야만 하는 곳이잖아. 넌 다른 사람보다 조금 먼저 가는 거고. 중요한 건 지금이야."

죽음에 대해 이렇게 말해 준 건 녀석이 처음이었다.

"죽기 전에 하고 싶은 게 뭔지 생각해 봐. 너한테 또 다른 네가 있다는 걸 알게 될 거야."

내 안의 또 다른 나를 발견할 수 있다고? 녀석이 나를 향해 코를 뻗더니 내 손등을 핥았다. 부드럽고 촉촉한 감촉이 몸과 마음을 이완시켜 주었다.

어느새 동쪽 하늘이 밝아 오고 새들이 나뭇가지 사이를 드나들며 재재거렸다.

"이제 그만 가 볼게."

조금만 더 있다 가라고 말하고 싶은데 입이 떨어지지 않았다.

"또 올게."

"난 오늘 퇴원하는걸. 집에 가면 꿈을 꾸지 않을지도 몰라."

"나를 보고 싶어 하면 네가 어디에 있든 너를 보러 갈 거야."

녀석이 귀를 펄럭이며 말했다. 넌 혼자가 아니야, 라고 말해 주는 느낌. 나는 무슨 말을 해야 할지 몰라 녀석을 빤히 바라보기만 했다.

"하고 싶은 거나 바라는 게 있으면 뭐든 말해. 내가 도와줄게."

녀석이 제아무리 사람의 꿈속에 드나드는 재주를 가졌다고 해도 흐르는 시간을 막지는 못할 거였다. 남의 꿈속에 들어와 사는 주제에 뭘 돕느냐고 비웃고 있지? 녀석이 눈으로 말하며 입을 씰룩거렸다. 이번에도 녀석에게 속을 들키고 말았다.

"이제 정말 가 봐야겠다."

나는 햇살을 받아 하얗게 물들어 가는 녀석의 엉덩이가 보이지 않을 때까지 지켜보았다.

수액이 한 방울씩 내 몸속으로 들어가고 있었다. 엄마가 물수

건으로 내 얼굴을 닦아 주고 거울을 내밀었다. 어제보다 주름이 많아졌다는 걸 확인하는 건 고역이었다. 하지만 시력을 잃으면 그것마저도 할 수 없을 터였다.

나는 빨리 집으로 돌아가고 싶었다. 엄마가 굽는 빵 냄새가 코끝에 맴도는 것 같았다. 나는 빵 맛보다 빵 냄새를 좋아한다. 아빠가 커피보다 커피 향을 좋아하는 것처럼. 하지만 무엇보다 내가 좋아하는 냄새는 아빠가 만들어 준 침대와 의자에서 나는 나무 냄새였다.

나는 아빠에게 코끼리를 그리고 싶다고 말했다.

"쉽지 않을 텐데. 시간도 많이 걸리고."

아빠는 내 눈에 무리가 될까 봐 걱정하는 눈치였다. 코끼리를 그리는 것은 만화 캐릭터를 그리는 것과는 차원이 달랐다. 그런데도 나는 아빠를 졸랐다.

"그래, 네가 하고 싶은 거라면 해 보자."

아빠가 뭔가를 결정하는 기준은 늘 내 마음이었다.

도화지 앞에서 시누의 모습을 떠올렸다. 오랜만에 몹시 설렜다. 먼저 얼굴의 윤곽을 그리고 눈의 위치를 잡았다. 눈동자를 그리는 것은 귀를 그린 뒤로 미루었다. 시누가 미소 지을 때의 눈빛을 담고 싶었다. 나는 꼼짝하지 않고 귀를 그렸다. 시누가 미소 지을 때 귀의 움직임까지 포착한 것은 덤으로 얻은 행운이었다.

"이 녀석 귀 보니까 웃고 있는걸."

역시 아빠였다. 웃는 아빠의 눈에 시누의 눈빛이 들어 있었다.

얼마 전까지만 해도 아빠는 공방을 운영했다. 가구에는 혼이 있어야 한다. 많이 만들어서도 안 되고 한 번 시작했다고 해서 잘못된 걸 끝까지 만들어서도 안 된다. 그것이 가구를 만드는 아빠의 마음가짐이었다. 사람들은 아빠를 장인이라고 했다. 주문이 넘쳐났다. 그런데 언젠가부터 아빠는 주문을 받지 않았다. 대신 내가 편안하게 잠들 수 있는 침대와 앉아서 햇볕을 쬘 의자를 만들었다. 아빠에게 코끼리를 만들어 달라고 해 볼까.

"다훈아, 코끼리를 만들어 줄까? 아기 코끼리."

아빠와는 이렇듯 말이 필요 없었다. 아빠는 마침 잘라 놓은 잣나무가 있네, 하고는 사포질을 시작했다. 나무의 표면이 순식간에 반들반들해졌다. 게다가 아빠는 코끼리에 대해 아는 게 많았다.

코끼리의 코는 무수한 근육과 근섬유로 이루어져 있어 운동 감각이 뛰어나고, 먹이는 코로 먹지만 어미젖을 먹을 때는 입으로 먹는다. 내가 말에 귀를 기울이자 아빠는 신바람이 나서 계속했다. 코끼리는 후각이 발달했고, 코끝의 돌기는 섬세해서 땅콩 알맹이를 손상하지 않고 껍데기를 깬다. 소리를 낼 때도 코가 중요한 역할을 한다. 코는 생명과도 같다.

그런 만큼 코끼리의 코를 그리는 데는 섬세한 손길과 높은 집중력이 필요했다. 그에 비해 엉덩이와 다리를 그리는 것은 손쉬

웠다.

"자, 이제 칠만 하면 되겠다."

나는 시누의 몸에서 뿜어져 나왔던 빛의 색감을 살리고 싶었다. 내 솜씨로는 어림도 없었다. 아빠에게 시누에 대해 말했다.

아빠가 그건 꿈일 뿐이란다, 라고 말할 줄 알았는데 아니었다. 아빠는 무슨 생각에 골똘했다. 그사이에 나는 시누가 손등을 핥았을 때의 감촉을 떠올리며 코에 잔주름을 새겨 넣었다.

"색칠을 하기 전에 만나 볼 사람이 있는데. 예전에 공방에 찾아왔던 할아버지 말이다."

그 할아버지라면 나도 안다. 수염이 길고 늘 웃음을 짓고 있었다. 무엇보다 재미있는 이야기를 들려주곤 했다. 진짜 같지만 가짜인 이야기들. 가짜이지만 진짜보다 더 진짜 같은 이야기들. 그 할아버지처럼 상상력이 풍부한 사람을 보지 못했다.

"그분이 코끼리 이야기를 해 준 적이 있단다."

조상의 무덤을 찾아가는 코끼리 이야기. 그저 지어 낸 이야기라고만 여겨 무심코 들었는데, 내 말에 그 이야기를 더 듣고 싶다고 했다.

"할아버지한테 마저 들어보자. 안 그래도 한번 찾아뵈려고 했거든."

할아버지는 예전에 코끼리 조련사였다. 늙고 쇠약해져서 그만

둔 뒤로 이따금 동물원에 가서 코끼리를 보았다. 얼마 전 요양 병원에 입원했다.

아빠와 인사를 나눈 뒤 할아버지가 나와 눈을 맞추었다.

"눈 본께 궁금한 게 많쿠마. 뭔 야그를 해 주끄나?"

전과 다르게 할아버지의 목에서 가래가 끓었다.

"코끼리요!"

"꿈속에 찾아오는 코끼리 말이지야?"

나는 고개를 끄덕였다. 할아버지는 수염을 쓸어내리고는 말문을 열었다. 그란께 그게 바이러스가 창궐하기 전이었제.

"하도 재주가 좋아분께 훈련이고 뭐고 시킬 필요도 없었어야."

그 코끼리는 멀리서 던져 주는 과자를 받아먹는 것은 예사이고, 육중한 몸을 코로 버텨 물구나무를 섰다. 무엇보다 춤을 잘 추었다. 코끼리가 춤이고, 춤이 코끼리라고 할 정도였다.

할아버지는 아름다운 광경을 보고 있는 듯한 눈빛이었다.

"사람들이 구름맨크로 몰려왔제."

학교로 가던 아이들은 물론, 일터로 가던 어른들도 코끼리의 춤을 보기 위해 발길을 돌렸다. 또 누구라도 한번 코끼리의 춤을 보고 나면 혼을 빼앗겼다. 배꼽이 빠질 뻔하거나 심장이 멈출 뻔한 사람도 있었다.

석 달이 지난 어느 날, 코끼리는 서커스단을 탈출했다. 사람들은 코끼리를 찾는 데 혈안이 되었다. 도시가 발칵 뒤집히다시

피 했지만 찾지 못했다. 사람들은 차차 지쳐 갔다. 코끼리가 숨어들어 집 안을 난장판으로 만들어 놓았다느니 누군가의 뼈를 부러뜨렸다느니, 해괴한 소문이 돌기 시작한 건 그 즈음이었다. 심지어는 사람을 잡아갔다는 말도 있었다. 코끼리를 잡지 않으면 모두 죽고 말 거라는 공포에 사로잡혔다. 모두에게 웃음을 안겨 주었던 코끼리는 하루아침에 범죄자가 되었다.

할아버지는 계속 가래 끓는 기침을 해 댔다. 할아버지가 그만 쉬어야 하지 않을까 싶었지만, 나는 코끼리 이야기를 참을 수가 없었다.

"그래서 잡혔어요?"

할아버지가 고개를 저으며 눈을 지그시 감았다.

"바이러스 땜시 세상이 뒤집혀 부러서……."

사람들은 더 이상 코끼리에 관심을 가질 수 없었다. 바이러스는 변종에 변종을 거듭하면서 수많은 생명을 앗아갔고, 결국 사람들을 공포로 몰아넣었다. 코끼리가 가져다 준 공포와는 또 다른 공포였다. 그런데 언제부터인지 코끼리가 바이러스를 퍼뜨렸다는 소문이 돌았다.

"코끼리가 정말 바이러스를 퍼뜨린 거예요?"

할아버지는 다시 고개를 저었다.

소문이 진짜인지 가짜인지는 밝혀지지 않았다. 문제는 아직도 사람들이 코끼리의 행방을 찾고 있다는 거였다. 백신이 나와서 바이러스가 종식된 지 오래됐는데도. 나는 머리칼이 쭈뼛 서는 걸 느꼈다. 할아버지가 나에게 귀를 가까이 하라는 손짓을 하고 목소리를 낮추었다.

"그때 말인디야……."

바이러스가 창궐했을 때였다. 너도나도 현실에서 도피해 꿈속으로 들어가려고 했다. 하지만 누구도 그러지 못했다. 유독 코끼리만이 그걸 해냈다.

지금까지 들은 이야기 중 가장 믿기 어려운 이야기였다. 하지만 시누가 내 꿈속에 찾아오는 이상, 나는 믿을 수밖에 없었다.

그 말을 하기 위해 가까스로 참은 듯 할아버지는 기침을 시작했다. 기침이 멈춘 다음에도 쌕쌕 거친 숨소리가 났다.

할아버지와 헤어져 돌아오는 내내 춤을 추는 시누의 모습이 눈에 아른거렸다. 시누가 보고 싶어서 으스름 녘부터 침대에 누웠는데 잠이 오지 않았다.

'그새 고향으로 떠나 버린 건 아니겠지?'

아빠는 아기 코끼리를 만드느라 공방에서 나오지 않았다. 나는 엄마에게 책을 읽어 달라고 했다. 『호두까끼 인형』! 유치원 재능발표회의 동극 대본이었다. 그 이야기를 듣는 밤이면 꿈에서 지유를 만났다.

"아들, 좋은 꿈 꿔."

엄마의 목소리를 들으며 나는 잠에 빠져들었다.

하늘은 비구름을 품은 채 새들이 낮게 날았다. 눈으로 새들을 쫓고 있는데 지축을 뒤흔드는 소리가 났다. 시누가 오는 소리였다. 가슴이 쿵쿵거렸다.

시누의 얼굴에 그늘이 드리웠다.

"무슨 일 있어?"

"응. 몸이 점점……."

"그럼 어떡해?"

"빨리 고향에 가야지."

우리는 한동안 말없이 서로를 바라봤다.

"떠나기 전에 하고 싶은 일이 있어."

"뭔데?"

"네가 하고 싶은 걸 말해 봐."

"혹시, 보고 싶은 사람도…… 아니다."

"응. 말만 해."

무슨 영문인지 시누의 목소리가 자신감에 차 있었다. 나는 지유가 보고 싶었지만 지금의 내 모습을 지유에게 보이고 싶지는 않았다.

"얼굴에 주근깨 있는 여자애 말이야."

그걸 어떻게 알았을까.

"그걸 어떻게 알았냐고? 넌 자주 그 애 꿈을 꾸잖아. 꿈을 꾼다는 건 보고 싶다는 거야."

"보고 싶긴 하지만……."

"지금 네 모습을 보여 주기 싫은 거지? 그래서 안 보는 게 낫다고 생각하는 거지?"

나는 고개를 끄덕였다.

"걱정 마, 예전의 네 모습으로 만날 방법이 있으니까."

"어떻게?"

"시간을 돌려놓는 거야."

"타임머신 같은 거?"

"뭐 비슷하긴 하지만 달라."

그 말은 호기심을 자극했다. 시누는 일부러 그러는 듯 귀를 팔락거리며 뜸을 들였다.

"내가 꿈 밖으로 나가서 서커스를 하면 돼."

"뭐? 어떻게 그럴 수가 있지?"

"그건 서커스가 가진 마력이야."

"그런 게 있다고 쳐. 하지만 넌 서커스단에서 도망쳤잖아. 사람들이 아직도 너를 찾고 있대. 조련사 할아버지한테 들었어."

"응, 사람들이 나를 찾고 있는 건 사실이야. 하지만 걱정 없어."

"정말 괜찮은 거야?"

"그렇다니까."

"어, 어떻게?"

"할아버지가 나를 지켜 주시거든. 조금 전에도 만나고 왔어.

너를 만났다고 하시더라."

"너 혹시 할아버지 꿈에도 찾아가는 거야?"

"응. 나를 맨 처음 꿈속으로 불러들인 건 할아버지야. 서커스단에서 탈출시켜 준 사람도."

수수께끼가 풀리는 듯하다가 다시 원점으로 돌아가 뒤엉켜 버린 느낌이었다. 그럼에도 시누의 이야기는 재미있고 신비롭기까지 했다.

"할아버지가 계시는 한 나는 잡히지 않아."

"근데 할아버지 요즘 천식이 심해서 말도 오래 못 하시고 누워만 계셔."

금방이라도 숨이 넘어갈 듯이 기침을 하던 할아버지의 모습이 떠올랐다.

"그래, 많이 아파 보였어."

시누가 눈을 끔벅거리며 곧 할아버지와 함께 고향에 갈 거라고 했다. 머릿속에서 댕댕, 아름다운 소리가 울렸다. 어떻게 그럴 수 있는지 시누에게 묻고 싶었다. 그런데 시누는 내가 말할 틈을 주지 않고 지유 이야기로 말을 돌렸다.

지유를 볼 수 있는 시간은 단 20분, '호두까기 인형' 공연 시간이었다.

"대신 그 시간이 지나면 너는 더 빨리 늙게 될 거야."

지유를 보고 싶지만 선뜻 판단이 서지 않았다. 엄마 아빠가 알면 몹시 서운해할 거였다.

"선택이 쉽지 않다는 거 알아."

"엄마 아빠 내가 조금이라도 더 오래 두 분 곁에 머무르기를 바라셔."

"물론, 그러시겠지. 하지만 언젠가는 헤어질 수밖에 없잖아. 그날이 조금 더 앞당겨지는 것뿐이야. 나라면 지유를 만날 거야. 지금이 중요하니까."

나는 혀가 굳어 버린 것처럼 아무 말도 할 수가 없었다.

"네가 하고 싶은 걸 할 수 있다면 엄마 아빠도 기뻐하실 거야. 부모란 그런 존재거든."

시누는 하늘을 향해 코를 내뻗었다. 나비 한 마리가 시누의 코 주변을 빙빙 돌았다. 마치 시누를 지지한다는 걸 온몸으로 보여 주겠다는 듯이. 나는 더 빨리 늙는 것도, 부모님과 더 빨리 헤어지는 것도 싫었다. 하지만 그날이 가까이 왔다는 걸 알고 있었다. 의사 선생님도 그랬다. 무엇보다 중요한 건 지금 이 순간이기도 하다. 딱 한 번만이라도 그 모습으로 돌아가서 지유를 만나고 싶었다.

"좋아."

시누는 코로 내 등을 두드려 주었다. 이번에는 뿌우, 소리를 내더니 밖을 향해 몸을 돌렸다. 내가 한눈을 판 것도 아닌데 녀석이 감쪽같이 사라졌다.

'뭐야, 어디 간 거야? 방금 전에 한 말은 다 뭐였지?'

어쨌거나 녀석이 보이지 않자 눈앞에서 보물을 잃어버린 기분이었다. 두리번거리고 있는데 머리 위에서 뿌우, 소리가 들렸다. 녀석의 코가 천장에 거의 닿아 있었다. 코에서 하얀 김이 새어 나오고 한 번도 맡아보지 못한 냄새가 났다. 초원의 흙먼지 냄새 혹은 건초 냄새! 나는 얼떨떨한 채 숨을 죽였다. 녀석이 코로 내 등을 밀어 나를 일으켜 세웠다. 이내 몸이 하늘로 떠오르는 기분이었다.

어느 결에 녀석이 나를 숲속에 내려놓았다. 나는 사방을 둘러보았다. 3미터 가량 떨어진 곳에 녀석이 서 있었다. 녀석은 혼자기 아니었다.

나는 내 눈을 의심했다. 지유!

지유도 나를 알아보고 놀란 표정이었다. 시누가 나와 지유를 번갈아 보며 귀를 펄럭거리더니 코로 내 어깨를 후려쳤다. 마음만 먹으면 녀석은 나를 공중으로 올렸다가 떨어트릴 수도 있을 거였다.

"인사 안 하냐?"

나는 기어들어 가는 목소리로 지유에게 "안녕?" 하고 인사했다. 지유가 눈을 반짝이며 손을 흔들었다. 시누가 다시 귀를 펄럭이며 코를 돌돌 말아 올렸다.

"빨리 무대로 가자. 곧 막이 오를 거야."

천장에는 분홍과 보라, 푸른색 조명이 드리워 있고 유리로 된 바닥은 반짝거렸다. 지유와 나는 무대 위로 올라갔다. 내가 지휘하는 장난감 군대와 생쥐 왕의 군대가 맞서 싸웠다. 팽팽한 줄다리기 끝에 우리 군대가 궁지에 몰렸다. 입안이 바짝바짝 탔다. 순간, 지유가 나를 향해 덧신을 던졌다. 나는 돌연 왕자로 변신했다. 요정들이 나와 지유를 둘러쌌다. 나는 지유를 과자의 나라로 안내했다. '꽃의 왈츠'가 흘러나오고 요정들이 춤을 추었다. 어느 순간, 하늘 한 곳이 열리고 달빛이 지유에게 쏟아졌다. 나는 몸을 굽힌 채 지유에게 손을 내밀었다. 지유의 손이 내 손에 닿는 순간, 심장 박동이 빨라졌다. 우리는 손을 잡은 채 리듬에 몸을 실었다. 지유의 심장 뛰는 소리가 들리는 것 같았다. 나는 시간이 멈추기를 바랐다.

눈을 떴을 때 가장 먼저 떠오른 것이 시누였다.

'설마 서커스를 하다가 잡혀간 건 아니겠지?'

어제보다 훨씬 더 늙어 버린 나를 본 부모님은 애써 태연한 척했다. 나는 부모님께 어젯밤의 일을 이야기했다. 하지만 내가 훅 늙어 버린 이유에 대해서는 차마 말할 수가 없었다.

"자, 이 녀석이 너한테 행운을 가져다줄 거다."

아빠가 아기 코끼리를 내 손바닥에 올려 주었다. 훈땡! 나는 녀석의 이름을 단숨에 지었다. 시누에게 빨리 훈땡을 소개하고 싶었다.

과연 훈땡이 행운을 가져다주었다. 시누가 멀리서 걸어오고 있었다.

"뭐야? 걱정했잖아."

"지유를 만나고 난 기분이 어때?"

"지금 그게 문제가 아니잖아."

"그럼 뭐가 문젠데?"

"너 말이야, 잡히지 않았어? 서커스는 잘했고?"

"잡혔으면 지금 여기 있겠냐?"

서커스는 대성황이었다. 그런데 조련사 할아버지는 끝내 숨을 거두고 말았다. 잡힐 뻔한 시누를 꿈속으로 불러들인 뒤였다. 눈을 감기 전에 할아버지는 시누를 위로했다. 할아버지 대신 시누와 함께 고향에 갈 친구가 있을 거라고. 시누는 할아버지의 말을 믿었다.

"넌 곧 떠나겠지?"

"응. 근데 할아버지가 너한테 빚을 갚은 뒤에 떠나야 한다고 했어."

"빚이라니? 빚은 내가 너한테 졌는데."

"아니, 넌 나를 네 꿈속에 들어오게 해 줬잖아. 또 나를 보고 싶어 해 주고 기다려도 주고."

나는 그런 거라면 지유를 만나게 해 준 것만으로도 충분하다고 했다. 시누가 있어서 행복했다는 말은 쑥스러워 삼키고 말았다. 시누가 고개를 저었다. 할아버지의 말을 거역할 수 없다고, 하고 싶은 걸 말하라고 했다.

"그건 불가능한 거야."

시누가 내 얼굴을 요모조모 살피면서 생각에 잠겨 있다가 말문을 열었다.

"혹시 탐험을 하고 싶은 거야?"

나는 할 말을 잃었다. 시누가 내 말이 맞지? 하면서 눈을 찡끗했다.

"나랑 같이 탐험을 떠나지 않을래? 내 고향에 가는 거 말이야."

혼자서는 잘 걷지도 못하는 나에게 탐험이라니. 하지만 녀석의 눈에 고여 있던 별빛이 반짝거렸다. 적어도 나를 놀리려고 한 말은 아니라는 걸 알 수 있었다.

"보다시피 난 잘 걷지도 못하는걸."

시누의 얼굴이 환해지고 귀가 펄럭거렸다. 미소! 그 미소 때문에 잠깐이지만 시누의 고향에 가는 내 모습을 상상했다. 역시 어림도 없는 일이었다.

"네가 마음만 먹으면 돼."

시누가 자기 등을 눈앞에 들이대며 말했다. 시누의 등에 타고 대평원으로 가는 상상을 했다. 온몸의 피가 빠르게 도는 느낌이었다.

나는 시누에게 훈땡을 소개했다.

"얘가 행운을 안겨 줄 거야."

"그래, 정말 귀여운걸."

시누는 훈땡에게서 눈을 떼지 못했다.

시누가 돌아간 뒤 내 머릿속은 온통 탐험에 대한 생각뿐이었다.

"시누 말이다, 사람들 앞에 나타나서 서커스를 했다는구나."

아빠가 말했다. 시누를 잡으려고 여기저기 벽보가 붙고 현상금도 걸렸다고.

그럼에도 나를 위해 서커스를 했다니. 다시 내 꿈속에 들어오기만 해 봐라. 혼쭐을 내 줄 테니. 아니, 나는 시누와 함께 탐험을 떠나고 싶었다. 엄마 아빠에게 시누에 대해 말하지 않을 수 없었다.

"시누가 그렇게 된 건 저 때문이에요."

나는 시누가 위험을 무릅쓰고 서커스를 한 이유에 대해 말했다. 시누도 나처럼 곧 이 세계를 떠난다는 것도. 엄마의 눈가가 젖어 들고 아빠는 음, 하고 길게 숨을 내쉬었다.

"시누는 죽음을 두려워하지 않아요. 누구나 언젠가는 가는 곳이라고요. 저는 조금 일찍……. 시누와 탐험을 떠나고 싶어요."

엄마와 아빠는 아무 말도 하지 않았다.

시누의 고향이 얼마나 아름다운 곳인지에 대해서 말했다. 영혼의 자유를 누릴 수 있는 곳이라는 것도.

어느새 몸에 열이 오르고 눈앞도 뿌예졌다. 엄마가 알아채고 아빠에게 얼른 구급차를 부르라고 했다.

"엄마, 아빠! 저 병원에 가고 싶지 않아요. 이미 눈이……."

"그러니까 빨리 병원엘 가야지."

엄마의 목소리가 떨렸다.

"이번에 가면 다시 돌아오지 못하잖아요."

아빠가 아니라고, 괜찮아질 거라고 하면서 나를 꼭 껴안았다. 옆에서 엄마의 흐느끼는 소리가 들렸다.

"내 몸은 누구보다 내가 잘 알아요. 시력을 잃기 전에 떠나고 싶어요. 대평원을 꼭 보고 싶거든요."

한동안 침묵이 이어졌다.

"그래, 넌…… 탐험가가 꿈이었지."

아빠가 눈물이 고이는 걸 감추려고 눈을 깜박이며 말했다. 나는 시누와 함께라면 문제없을 거라고 덧붙였다. 함께 떠날 친구가 있어서 다행이라며 엄마가 내 뺨에 볼을 비볐다.

"시누가 저를 등에 태우고 가 준다고 했어요. 멋지겠죠?"

"정말 멋지구나. 우리 아들!"

엄마가 나를 껴안고 그런 엄마를 아빠가 또 껴안았다. 셋이 하나가 되는 순간이었다.

나는 지금 시누의 등에 탄 채 대평원으로 가는 중이다. 해와 달, 별들이 우리와 함께 가고 있다. 꽃과 풀은 쉼 없이 향기를 자아내고 바람이 달려와 땀을 씻어 준다. 이보다 좋기도 어려울 것이다. 그런데 시누의 잔소리가 장난이 아니다. 이것도 하지 마라, 저것도 하지 마라. 또 자기가 탐험 대장이라고 박박 우긴다. 뿐인가, 자기 말을 잘 들어야 한다나, 심지어 겁도 준다. 정신 바짝 차려. 언제 어디서 사자의 습격을 받게 될지 모른단 말이야……

밤이 되면, 나는 시누와 함께 엄마와 아빠의 꿈속으로 찾아간다. 아빠는 훈땡의 동생을 만들고 있다. 역시 아빠의 솜씨는 최고다. 엄마는 여전히 빵을 굽는다. 엄마가 굽는 빵 냄새는 언제 맡아도 좋다. 우리 다훈이 왔네. 오늘은 어땠어? 힘들진 않아? 힘들긴요, 탐험이 얼마나 멋진데요. 엄마와 아빠는 아이들처럼 이야기를 들려 달라고 조른다. 사막과 호수를 지나자 초록빛이 시야에 들어왔어요. 드디어 대평원이 펼쳐진 거죠……. 나는 그림을 펼쳐 보이듯 이야기를 계속한다. 버펄로와 누 떼가 어슬렁거리고, 타조와 기린이 말을 걸어오는 풍경에 대해. 거기서 만난 친구들에 대해서도. 시누, 왔구나. 근데 얘는 처음 보는 앤데? 응. 내 친구 다훈이야. 안녕, 친구! 여기에 온 걸 환영해. 어어, 고마워! 와, 우리 다훈이한테 친구들이 많이 생겼네. 네, 마음씨가 곱고 아름다운 친구들이에요.

오늘도 우리의 이야기는 밤새 계속될 것이다.

：

　누구도 완전하지 않고 또 누구도 완벽한 삶을 살 수는 없다. 그럼에
도 누구에게나 삶은 축복이어야 하지 않을까. 이 이야기는 거기에서
비롯되었다. 장애를 넘어 지금, 여기를 살아가는 이들을 응원하는 마
음 길에서.

　그즈음, 코끼리가 내게로 왔다. 사람의 꿈속을 드나드는 코끼리 '시
누'가. 지축을 뒤흔드는 발소리를 내며 찾아온 시누로 인해 머릿속에
댕댕, 징 소리가 울렸다. 그것은 사랑의 시작이었다.

　시누는 하나의 은유로 존재했다. 무언가가 일어나고 펼쳐지기 위해
서 끝없이 이어지는 그 무엇으로. 그것은 빛이고 바람이고 별이었다는
것을 이제 알겠다.

　삶과 죽음을 가르는 도저한 절망 속에서도 함께할 수 있는 존재가
있다는 것은 얼마나 고마운 일인가. 우주 안의 생명이라면 무엇이든 서
로에게 용기와 희망이 될 수 있다는 것은 얼마나 애틋한가. 네가 있어
내가 있고 내가 있어 네가 있으며, 우리가 있어 죽음을 넘어 삶이 계속
된다는 것은.

　떠났다고는 하나 영영 헤어진 것은 아니어서 얼마나 다행인가. 이
별했다고는 하나 머물러 있지 않은 것은 아니라서. 보이지 않아도 곁에
있다고 느낄 수 있다는 것은 얼마나 큰 기쁨인가. 오늘도 우리의 이야
기가 밤새 계속된다는 것은. 오래도록 함께할 수 있다는 것은. 이별을

지나 다시 사랑이 시작된다는 것은.

　온몸으로 슬픔을 건너고 있는 당신의 꿈에도 오늘 밤 코끼리가 찾아
가기를 바란다.

김혜정　고요와 적막을 좋아한다. 아마도 늘 그렇지 않은 곳에 있어서 일 터이다. 빗소리와 다정함이 깃들어 있는 것들을 사랑한다. 어쩌면 나도 그처럼 되고 싶은 것이다. 쓴 책으로『라온의 아이들』『모나크 나비』『18세를 반납합니다』『영혼 박물관』『독립 명랑소녀』『달의 문(門)』『수상한 이웃』『바람의 집』『복어가 배를 부풀리는 까닭은』이 있다.

준미의 사람

:

박 영 란

:

준미 목소리를 처음 들은 건 그해 7월이었다. 퇴근이 늦은 어느 날이었다. 그때 나는 양쪽에 8개의 대문이 늘어선 골목의 막다른 집에 살았다. 퇴근 무렵 골목을 지나가자면 설거지하는 소리, 고함 소리, 음악 소리, 끓어오르는 기침 소리, TV 만화 영화 소리 들이 이집 저집에서 흘러나왔다. 몇 개월이 지나자 어떤 소리가 어느 집에서 나는 소리인지 짐작하곤 했다.

좀 다른 소리를 들은 날이 있었다. 그 골목에서는 처음 듣는 소리였다. 사람 소리가 틀림없었지만 도저히 사람 몸 안에서 나오는 소리 같지 않은 소리. 터져 나오는 것도 외치는 것도 아닌 소리였다.

"으억. 으억. 으억."

그 단조로운 괴성이 울려 퍼지자 골목의 다른 소리들은 일시에 숨을 죽인 것만 같았다. 그 괴성이 골목의 모든 고통을 다 합쳐도 견줄 수 없는 고통을 대변하기라도 하듯. 모두 숨죽이고 그 소리에 귀를 기울이는 것 같았다. 소리는 내가 골목을 다 지나올 때까지 계속 났다. 혼자 있는 사람이 내는 소리일 것이라고 생각했다. 혼자가 아니라면 곁에 있는 누군가 말리는 기척이 있었을 것이다.

그 괴성이 준미가 내는 소리라는 것을 알게 된 것은 시간이 좀 더 지난 어느 휴일이었다. 이른 아침 잠결에 그 소리를 들었다. 희미하긴 했지만 분명히 며칠 전 골목을 지나오면서 들었던 소리였다. 나는 자리에서 일어나 커튼을 젖히고 창을 열었다. 창을 열어도 그다지 환해지는 것 같지는 않았다. 마당에 우거진 등나무 줄기가 내 방 창 위를 뒤덮고 있어서 으슥하기도 했지만 그 점 때문에 선택한 방이었다. 등나무가 이웃의 시선을 가려 주어 안심되었던 것이다.

"일찍 일어났네."

주인집 아주머니가 마당 텃밭을 손질하고 있다가 창 여는 소리를 듣고 먼저 말을 건넸다. 그 집은 마당이 꽤 넓었다. 사방이 주택으로 둘러싸여 있었지만 바로 앞집이 오래된 단층 주택이라 남쪽이 트여 있어 볕이 잘 드는 편이었다. 텃밭에는 삼각형으로 넝쿨 보호대를 세워 기르는 토마토와 오이는 물론이고 가지며 고추와 온갖 잎채소들이 각자의 구역에서 거세게 자라고 있었다.

"준미 우는 소리 때문에 깼지?"

"준미요?"

"쪽대문 집 애."

골목 입구에서 들어올 때 오른쪽 중간에 쪽대문이 따로 있는 집을 말하는 거였다. 그 집은 큰 대문은 반대편 골목 쪽으로 나 있고, 쪽대문만 이쪽 골목으로 나 있었다. 그리고 그 쪽대문은 세입자들이 사용했다.

"그 집에 무슨 일 있어요?"

"그 집 애가 가끔 그래."

아주머니가 걱정을 한껏 담아 털어놓은 이야기는 이랬다. 준미는 5년 전부터 쪽대문 집에서 엄마와 동생, 셋이 산다고 했다. 고등학생이 된 여름에 교통사고가 났는데 그 후유증으로 반신불구가 되었다고 했다. 교통사고는 밤늦은 시간에 건널목 주변에서 일어났는데 준미가 차에 뛰어든 것으로 판명 나서 보상도받지 못했다. 병원비를 감당할 수 없어서 준미를 집으로 데려온거라고 했다. 원래 쪽대문 집 2층에 살다가 1층으로 옮긴 것도병원비 때문이라고 했다.

"그런데 귀는 열려 있다더만. 사람이 죽을 때도 제일 마지막까지 남아 있는 게 듣는 귀라던데, 그런 건지."

아주머니에 의하면 준미는 온몸의 감각이 마비돼 꼼짝달싹할 수 없는 건 물론이고 시력도 잃고 말도 잃었는데 언제부터인가 간혹 괴상한 소리를 지른다는 것이다. 그 소리 덕에 귀가 들린다는 것을 알았다고 했다.

"애나 식구들이나 다 못할 짓이지. 그런 앨 혼자 두고 종일 직장에 가야 하는 애 엄마 심정은 말해 뭐 해. 어린 동생이 있다지만 뭘 얼마나 돌봐 줄 수 있겠나. 차라리 그때 죽었더라면 서로. 아이고, 내가 이런 몹쓸 말을 왜 하누."

아주머니가 들고 있던 목장갑으로 자책하듯 다리를 탁탁 털면서 텃밭 쪽으로 서둘러 가고 나서 다시 멍하게 시간을 보냈다. 정오가 다 되어서야 마트에라도 다녀오려고 나섰다.

여름 한낮이라 골목은 조용했다. 멀리서 들려오는 과일 트럭 방송 외에 어떤 소리도 없었다. 가운데 집 쪽대문이 활짝 열어젖혀 있고, 그 안에 휠체어가 놓여 있었다. 쪽대문 안 통로에 햇빛이 쏟아져 들어가고 있었다. 다른 주택에 둘러싸여 있어서 정오 무렵의 일정 시간에만 잠깐 햇빛이 드는 통로인데 마침 그 순간이었다. 휠체어에는 지독하게 짧은 단발머리를 한 누군가 앉아 있었다.

그 애가 준미였다. 준미는 시시각각 줄어드는 햇빛 아래서 골목을 보는 방향으로 앉아 있었다. 사선을 긋는 검은 벨트로 몸을 휠체어에 고정시키고 귀에는 이어폰을 꽂고 있었다. 눈동자는 비스듬히 쪽대문 아래쪽을 향하고 있었다. 나는 걸음을 멈추고 서서 준미 쪽을 바라보았다. 눈동자를 마음대로 하지 못해 화가 난다는 듯 표정을 일그러트리고 있던 준미 입에서 불쑥 건조한 소리가 나왔다.

"으억."

"나간다."

집 안에서 신경질적인 대답이 튀어나왔다.

"으억."

준미 입에서 좀 전 보다 더 어두운 소리가 흘러나왔다. 나는 준미 쪽으로 한 발 다가섰다.

"으억."

준미가 다시 소리를 내자 1층의 한 반지하 문이 벌컥 열리는 소리와 함께 사람이 나타났다.

"누구세요?"

나를 향해 험하게 내뱉었다. 내가 멈춰 서 있자 더 거칠게 물었다.

"뭐 볼일 있어요?"

검정 트레이닝 바지와 초록색 바탕에 'Live'라는 흰 알파벳이

박힌 반팔티를 입은 여자였다. 준미 엄마였다.

"아, 안녕하세요. 요 옆집에 새로 이사 온 사람인데요."

"그런데요?"

"아니, 대문이 열려 있기에……."

"알았으니까 그만 가요. 구경난 것도 아니고."

여자가 쪽대문을 세차게 닫아 버렸다. 당황한 나는 집으로 도로 들어가서 한참 방 안을 서성거리다가 마트에 가던 길이었다는 것을 상기하고 다시 나왔다. 휠체어가 있던 통로는 텅 비어 있었다. 그사이 해도 빠져나가고 없었다.

그날 이후 한동안 준미 목소리를 못 들었다. 쪽대문을 열고 나오던 초등학생 남자애와 눈이 마주친 적이 있고, 퇴근길에 쪽대문 안으로 들어가는 회사원으로 보이는 여자를 본 적이 있다. 그러다 어느 날 퇴근길에 "으억 으억!" 내지르는 소리를 다시 들었다. 준미의 으억 소리는 일정한 간격을 두고 계속 이어졌다. 나는 천천히 골목 안으로 한 걸음씩 걸어 들어갔다. 내가 막 쪽대문 앞에 도달했을 때 쪽대문 저 안쪽 어느 방 불이 밝혀지고 뒤이어 문이 열렸다. 열린 문에서 쏟아져 나온 불빛에 얼마 전 본 적 있는 회사원인 듯한 여자가 보였다. 헐렁한 실내용 원피스를 입은 여자가 준미네 집 문을 열고 안으로 들어갔다. 여자가 들어가고 잠시 후 준미 목소리가 멈췄다.

그 여자를 다시 보게 된 건 동네 마트에서였다. 뜻밖에도 여자가 먼저 나를 향해 다가오더니 인사했다. 내가 인사를 받으니 여자가 말을 건넸다.

"이삿짐 들어오는 거 봤어요."

여자가 먼저 나를 알고 있었다는 말에 긴장되어서 금방 답하지 못하고 있었다.

"그 집 등나무 근사하죠?"

나는 그렇다고 답하고, 등나무 때문에 그 방을 선택했다고 하지 않아도 될 말까지 하자 여자가 대뜸 이렇게 말했다.

"그 방에 전에 살던 언니하고 친했어요. 그때 전 다른 골목에 살았고요. 그 언니는 요 근처 빌라 사서 이사 갔어요. 그 언니가 그 방에서 육 년이나 살았다고 하더라고요."

이번에는 내가 물었다.

"준미네 하고는 어떻게……."

"준미 보셨어요?"

여자가 불쑥 물었다.

"얼마 전에 보니까 통로에 나와 있더라고요."

나는 여자와 준미네가 어떤 사이인지 더 물어보려다 얼버무렸다.

"아, 준미 엄마가 집 안 대청소를 했나 보네요."

집까지 걸어오면서 여자가 해 준 이야기는 이랬다. 여자는 지난겨울에 그 방으로 이사 왔는데, 옮겨 온 첫날 준미 소리를 들었다고 했다. 이상한 소리가 계속 나기에 옆집 문을 두드렸는데, 초등학생으로 보이는 남자애가 문을 열어 주더라고 했다. 무슨 소리냐고 묻자 남자애가 태연하게 누나가 우는 소리라고 했다. 준미네는 부엌 겸 거실인 좁고 긴 공간과 방이 두 칸 나란히 있는 구조인데 그중 한 방문이 열려 있고, TV가 켜져 있었으며, TV 앞 탁자 위에 라면 냄비와 김치 그릇이 펼쳐져 있었다. 그리고 그 탁자 곁 병원용 침대에 누군가 누워서 계속 소리를 내고 있더라고 했다. 그 애가 바로 준미였다. 남자애가 여자한테 이렇게 말했다.

"라면을 먹고 나서 책을 읽어 줄 건데 그러면 소리가 그칠 거예요. 조금만 기다리세요."

"부모님은 안 계셔?"

"오늘 늦게 와요."

남자애가 문을 닫으려 했다. 뭔지 모를 기운으로 여자가 문을 잡고서 이렇게 물었다.

"무슨 책 읽어 주는데?"

"우리 누나 교과서요."

"교과서?"

"언젠가 일어나면 학교 가야 하니까요."

"누나가 어디 아프니?"

"네."

"너 밥 먹을 동안 내가 좀 읽어 줄까?"

여자는 자신도 모르는 사이에 그렇게 말했다고 한다. 그러자 남자애가 선뜻 여자가 들어오도록 길을 터 주었다.

그날부터 여자는 시간이 나면 옆집으로 가서 준미한테 뭔가를 읽어 주게 되었다고 했다. 준미 동생 말마따나 준미는 교과서든 문제집이든 백과사전이든 책을 읽어 주기만 하면 잠잠해지곤 한다는 것이었다.

"좋은 일 하시네요."

내가 말하자 여자는 알 수 없는 웃음을 슬며시 웃고 나서 크게 숨을 쉬었다. 나는 여자의 한숨을 못 본 체하면서 물었다.

"요즘은 어떤 책 읽어 주세요?"

그러자 여자가 나를 한 번 돌아보고 나서 답했다.

"두꺼운 책을 하나 골랐어요. 그 책만 다 읽어 주면 준미네 집에 그만 가려고요."

"무슨 책인데요?"

"그냥 소설책이요."

여자가 작게 말했다. 그 소설책 제복은 끝내 말하시 않았다. 대신 이런 소식을 전해 주었다.

"찾아오는 사람이 또 있어요. 학교 친구라는 학생인데 요즘 뜸하긴 하지만 오긴 오더라고요. 봉사활동 하러 온다는 대학생도 있고요."

여자 말은 다른 사람이 있으니 자기는 그만해도 마음이 크게 쓰이지는 않을 거라는 의미였다. 그러고 나서 여자는 말을 이었는데 준미가 실은 손도 움직이고 웅얼거리면서 말도 하려 한다는 것이었다. 여자도 처음에는 준미가 손가락 하나 움직이지 못하는 줄 알았는데 그 정도는 아니라는 거였다. 전에는 대소변도 준미 엄마가 다 처치해 줘야 했는데 지금은 화장실에 앉혀 주면 된다고 했다. 어쩌면 몸 상태가 조금씩 좋아지고 있는지도 모른다고 했다. 그렇기는 해도 혼자 밥을 먹을 수도, 몸을 뒤척일 수도, 눈으로 볼 수도 없는 상태는 여전하다고 했다.

"뭔가 희미하게 보이는 것 같기도 해요. 내가 가면 아는 체하는 것 같을 때도 있어요."

그 말을 들으면서 나도 책을 읽어 주러 가도 되겠냐는 말이 튀어나오려는 것을 겨우 참았다. 끝까지 책임질 수도, 언제까지 계속할 수 있을지도 알 수 없는 일을 순간적인 기분에 취해 하겠다고 함부로 나서는 건 무책임한 일 같았다. 동정심의 발로로 시작한 일이 상대에게 실망을 안겨 줄지도 몰랐다.

그날 이후 그 여자와 나는 차를 마시거나, 식사를 하거나 하면서 몇 차례 어울렸다.

종일 비가 내리다 그친 어느 날 저녁 무렵이었다. 준미네 쪽대문 안에 '포카리스웨트' 광고 문구가 새겨진 파라솔이 펼쳐져 있었다. 파라솔 아래 휠체어에 준미가 앉아 있고 준미 동생도 나와 있었다. 그리고 마침 그때 준미네 옆방 여자가 쟁반을 들고 자기 집에서 나오고 있었다.

"들어오세요."

여자가 나를 발견하고 외쳤다. 준미 동생은 나를 한번 올려다 보면서 웃었다. 준미 동생은 뭐랄까, 자신에게 주어진 조건에 대 해 일정한 거리를 두는 법을 익힌 것 같았다. 자신을 둘러싼 사 정이 어떻든 자기 할 일을 한다는 은근한 태도가 있는 아이였 다. 나는 그 애의 어른스러운 태도에서 안타까움과 동시에 힘을 느끼기도 했다.

"준미 씨, 수제비 좋아하지?"

여자가 준미를 향해 물었다. 대답은 동생이 했다.

"우리 누나 수제비에 든 감자 좋아해요."

뼈라고 할 밖에 없는 준미의 팔목, 쇄골, 턱뼈. 당장이라도 죽 을지 모를 몰골로 휠체어에 앉아 있는 준미는 아무 표현이 없었 다. 동생은 준미한테 뭔가를 먹이는 데 익숙했다. 수제비 국물 에 잠긴 감자를 으깨 식힌 다음 준미 입에 떠 넣어 주었다. 흘리 는 게 반인 준미가 그래도 반은 목구멍 안으로 삼키는 걸 보고 있다가 내가 말했다.

"오늘은 내가 먹여 줄 테니까 너도 먹어."

나는 굳이 '오늘은'이라는 말을 공들여 한 것이 부끄러웠지만 후회하지는 않았다. 준미 동생은 그런 것 따윈 아무 상관없다는 듯이 준미 그릇을 내 앞으로 밀어 놓고 자기 그릇을 당겼다. 눅눅한 여름 저녁 좁은 통로에 모여 앉아 뜨끈한 수제비를 먹느라 감당하지 못할 정도로 땀이 흘러내렸다. 준미 역시 바싹 마른 온몸에서 땀을 쏟아 내고 있었다. 여자가 냉장고에 있던 찬물을 꺼내 오자 준미 동생이 일어섰다.

"찬물 먹이면 안 돼요. 미지근한 물 먹여야 돼요."

동생이 준미 엄마가 아침에 끓여 두고 갔을 보리차 한 컵을 들고나와 빨대를 꽂아 준미 입술 사이에 밀어 넣었다.

"빨대를 사용할 줄 알아?"

여자가 묻자 동생이 말했다.

"얼마 전부터요."

"아유, 그럼 다 나았네. 이제 혼자 밥만 먹으면 되겠네!"

"엄마가 기적이 일어날지도 모른다고 했어요."

준미 동생의 말을 듣고 있던 여자가 갑자기 얼굴을 감싸고 울기 시작했다. 여자가 쑥스러워 할까 봐 나와 준미 동생은 조용히 수제비를 퍼 먹었다. 한참 혼자 울던 여자가 마음을 가라앉히고 숟가락을 들었다.

왠지 시원한 바람이 통로를 지나가는 것만 같았다. 나뿐 아니라 여자와 준미 동생도 그런 것 같았다. 모두 붉게 달아올랐지만 땀은 식고 있었다.

일찌감치 그늘이 드리워진 쪽대문 안 통로에는 벌써 밤이 와 있었다. 그사이 집 안에 있던 선풍기도 나오고 이왕 전선줄을 길게 연결한 참에 스탠드도 꺼내 왔다. 얼려 두었던 커스터드를 먹으면서 준미 동생은 계속 문제집을 풀고 교과서를 들추면서 간혹 우리를 보았다. 달리 생각해 보면 준미 동생은 그 자리에 없는 사람 같기도 했다. 그 장소에 함께 있지만 동시에 없는, 정신은 다른 곳에 있는 채로 그 아이는 준미 곁을 지키고 있었다.

몇 년 후에 나는 우연히 준미 동생을 본 적이 있다. 나는 버스 안에서, 준미 동생은 정류장에서 버스를 기다리고 서 있었다. 키기 키지고 덩치도 커졌지만 얼굴은 그대로였다. 얼굴 모습은 어릴 적과 변함없었지만 표정은 완전히 달랐던 것을 기억한다. 기껏해야 17살 정도에 불과한 남자아이의 얼굴에 그토록 깊은 수심이 드리워진 것은 아마도 준미 때문일 가능성이 클 것이다. 사실 나는 준미를 떠올리기 전에 준미 동생을 먼저 떠올렸었는데 그 아이의 마음은 좀처럼 나에게 다가오지 않았다.

"으 억."

이윽고 준미가 짧게 외치자 준미 동생이 책 한 권을 여사한테 주었다. 마치 책을 읽어 주는 게 여자의 당연한 일이라는 듯 행동했다. 여자 역시 책을 받아 들고 후루룩 넘기더니 읽을 페이지를 찾아냈다. 준미 동생이 여자한테 건네 준 책은 고1 사회과 교과서였다. 저녁 어스름이 깔리는 가운데 스탠드 아래 책을 들이밀고 있는 두 사람을 나는 바라보았다. 준미 동생은 숙제를 하고, 옆방 여자는 책을 읽는 그 장면이 내 인생에 있었다.

문득 나는 준미의 시선을 느꼈다. 언제부터인지 준미의 눈동자가 나를 향하고 있었다. 준미가 나를 보고 있었던 것이다.

소형 녹음기를 꺼낸 것은 그날 밤이었다. 학원에서 아이들을 가르칠 때 아이들이 공부에 마음을 붙일 수 있도록 이용하던 것이었다. 아이들 목소리를 녹음해 다시 들려주는 일은 나만의 방식이었다. 나는 아이들 각각의 이름을 써넣은 작은 녹음테이프를 꺼내 수업 끝 무렵에 그날의 중요한 사항을 직접 녹음하게 하고 들려주었다. 아이들은 자신이 직접 녹음해서 다시 듣는 문제나 수학 공식을 잘 기억했다. 아이들은 학원 수업에 저마다 지루함과 약간의 공포를 품고 있었는데, 녹음해 다시 듣는 자기 목소리는 숨어 있던 거친 마음을 풀어 주기도 했다.

1회용 포장 버터 크기의 녹음테이프 한 개에 약 60분 분량을 녹음할 수 있었다. 테이프 몇 개면 책 한 권 분량이 될 것이었다. 당시 나한테는 소형 녹음기가 두 대 있었는데, 그중 한 대와 녹음된 테이프를 준미한테 줄 생각이었다. 준미가 책을 읽고 싶은 아무 시간이나 들을 수 있을 것이었다.

막상 녹음을 시작하기까지 시간이 오래 걸렸다. 녹음기를 꺼내 두고도 녹음을 시작하는 일을 차일피일 미루게 되었다. 읽을 책을 선택하는 일도 마찬가지였다.

어느 비 오는 날 저녁에 쥬미네 옆집 여자가 집에 찾아온 적이 있었다. 비가 오면 무성한 등나무 잎사귀 사이로 떨어지는 빗소리가 좋았는데, 가난한 자들에게도 공평하게 주어지는 것만 같은 낭만이라고 생각한 적도 있었다. 그날 그 여자가 약속도 없이 들이닥쳐 그런 분위기를 파괴하듯 던진 첫 마디는 이랬다.

"편하게 사는군요."

그 여자와 나는 서로에 대해 섬세하게 터놓지 않은 채 지내고 있었다. 그래서 우리는 서로에 대해 눈에 보이는 만큼만 알았다. 내가 그 여자에 대해 아는 바는 준미네 옆방에 살고 있다는 것과 준미한테 책 읽어 주는 일을 할 만큼은 여유가 있다는 정도였다. 그 여자가 나에 대해 아는 것은 내가 골목 막다른 집에 세 들어 산다는 정도일 것이었다. 우리는 넘어서는 안 될 선을 정해 두고 서로 약속이나 한 듯이 선을 지키고 있었는데, 그날 그 여자 음성에는 그런 모든 것을 건너 뛰어 버리는 파괴적인 감정이 어려 있었다.

"그렇게 보여요?"

내 답에 날카로움이 묻어 있다는 것을 그 여자도 금방 알아차렸다. 그리고 자기가 한 말 역시 날카로웠다는 것도 알아차린 모양이었다. 이렇게 말을 이었다.

"낮에 준미네 집에 일이 좀 있었어요."

그날 낮에 준미네 집에 봉사 활동하러 사람들이 왔다고 했다. 그때 알게 된 일이지만 준미는 지역에서 꽤 알려져 있었다. 간혹 농작물이나 옷, 의료 용품 등을 보내오는 개인 후원자들도 있고, 구청에서도 약간의 지원을 받는다고 했다. 준미를 도와주러 오는 봉사자들도 있는데, 그날 낮에도 봉사자들 중 한 팀이 왔다고 했다. 그들은 준미를 위해 노래도 부르고, 시집을 낭송하기도 했다. 그리고 돌아갈 시간이 되어 사진을 찍었다. 마침 그때 준미 엄마가 집에 와 사진 찍는 걸 막았고, 옥신각신하다가 카메라를 빼앗아 던지는 일이 일어났다.

준미 엄마는 언제부터인가 봉사활동 하러 오는 사람들을 불편해했는데, 봉사 와서 준미 사진을 찍고 그 사진을 뽑아 여기저기 공개하고 다닌다는 게 이유였다. 심지어 준미 사진이 어느 학교 교실 뒤편에 전시된 적도 있었다. 그렇게 공개된 준미의 불행이 낯선 봉사자들을 불러들이고, 준미의 사고에 대해 시시콜콜 질문하는 일이 빈번하게 되고, 준미네 불행이 부풀려지고, 없던 고통까지 새로 만들어 내는 것에 강한 불만을 가지고 있었다. 아무리 준미네 집이 가난하고 준미가 가족 외에 다른 누군가의 도움을 받아야 할 상황이기는 하지만 이제 그만하련다고, 다 필요 없다고, 고함쳤다고 한다.

터져 버린 준미 엄마의 화는 옆집 여자한테도 튀었다. 준미 엄마는 여자가 옆집에 살면서 준미와 준미 동생한테 해 주는 일은 고맙지만 이제 사양한다고 선언하듯이 정확하게 말했다고 한다. '다시는 우리 애들한테 손대지 말아요! 당신이 없을 때도 잘 지냈는데, 공연히 기대하게 하지 말라고요!'라고.

"아무래도 이사 가야 할 것 같아요."

"이사까지 갈 거야 있어요?"

"실은 나도 힘들었어요. 그걸 오늘 알았어요. 준미 엄마한테 한 소리 듣고 나서 어쩐지 속이 편하더라고요. 처음에 이사 와서 보니 바로 옆방이 그런 사정이라 모르는 체하는 게 더 힘들어서 시작한 일인 것 같아요. 준미 엄마 말마따나 공연히 착한 척한 거예요."

"나쁜 척보다는 나아요."

내가 할 수 있는 말은 그 정도였다. 여자가 잠시 숨을 고르고 있다가 토로하듯 중얼거렸다.

"준미가 나한테 너무 의지해요."

나는 하지 않으려 했던 녹음 이야기를 기어이 꺼내고 말았다. 책을 녹음해서 준미한테 주면 여자도 조금은 수월해질 것이라는 생각이 불쑥 치고 올라와서 한 말이었다.

"끝까지 하지 않을 거면 시작도 하지 마세요."

여자는 의외의 대답을 주었다. 여자가 준미 일에 감당하지 못

할 만큼 책임과 의무를 짊어지고 있다는 생각이 들었다. 처음에는 가벼운 마음으로 시작했겠지만 여자도 모르는 사이에 그렇게 되어 버렸을 것이다.

"감당할 수 있을 만큼만 하면 돼요. 아무도 그 쪽한테 뭐라 하지 못해요."

여자는 내 말에 답하지 않았다. 잠시 **빽빽**한 등나무 사이로 떨어지는 빗물을 보는 척하다가 그만 가 봐야겠다면서 나갔다.

그 여자는 9월이 시작되는 주에 이사 갔다. 준미 엄마와 불편한 일이 있은 지 약 한 달 만이었다. 계약 기간도 남았는데 서둘러 방을 **뺐**다고 들었다.

나는 조금씩 녹음을 해 나갔다. 퇴근 후나 휴일의 조용한 시간에 녹음기를 열고 책을 폈다. 읽는 리듬이랄까, 감을 잡느라 처음 한두 페이지는 몇 번이나 다시 녹음하기도 했다. 그래도 여전히 뭔가가 거슬렸지만 일단 진행해 나가기로 했다. 준미가 내 목소리를 어떻게 생각할지, 이야기에서 어떤 느낌을 받을지, 생각하면 할수록 힘든 일이었다. 그러다 책의 3분의 1쯤에서는 더 이상 나아가지 못하고 방치해 두고 있었다. 바쁜 일과 급한 일, 명절과 가족 행사들이 닥쳐 녹음하는 일을 잊다시피 지냈다. 어느덧 11월에 접어들었다.

그사이 준미 목소리를 듣지 못했다. 준미네 집에 불이 밝혀져 있는 것을 볼 때면 쪽대문을 밀고 들어가 문을 두드려 보고 싶은 충동에 빠지기도 했지만 실제로 행동한 적은 없었다.

그러던 어느 날 늦은 퇴근길이었다. 골목 중간쯤 쪽대문 근처에 검정색 장롱과 다 부서진 싱크대, 병원용 침대가 나와 있었다. 준미가 쓰던 철제 침대였다. 갑자기 심장이 뛰고 온몸이 뜨거워졌다. 나는 주변을 살필 것도 없이 쪽대문을 열고 들어가 준미네 집 앞에 섰다. 집 안에 불은 꺼져 있었다. 나는 문을 잡아당겨 보았다. 문은 쉽게 열렸다. 어두운 집 안은 텅 비어 있었다. 암흑 속에서 곰팡이 냄새가 훅 끼쳤다. 나는 갑자기 몰아친 두려움에 밀려 문 밖으로 나왔다.

그 여자가 살던 방문이 열리면서 낯선 할머니가 나왔다. 나를 물끄러미 쳐다보더니 물었다.

"무슨 일이요?"

"이 집 사람들 이사 갔어요?"

"그 집에 볼일 있소?"

"한 골목에 살아서 가끔 보던 사람들인데 갑자기 이사 갔나 보네요."

"갑자기는 아니라 합디다."

"어디로 옮긴지는 모르시지요?"

"그런 애를 데리고 다니는 애미가 어디로 간다고 알리고 다니겠소."

나는 더 이상 묻지 못하고 균형을 잡으려 애써 가면서 대문 쪽으로 걸었다. 할머니가 내 등에 대고 중얼거리듯 말했다.

"애가 책을 노상 끌어안고 있답디다."

준미가 끌어안고 있다던 책은 동생이 읽어 주던 교과서거나 옆방에 살던 여자가 남기고 간 책일 것이었다. 마지막이 언제 찾아올지 모르는 모든 순간, 집을 떠나는 순간에도 힘을 내 끌어안은 게 책이라니. 소원할 게 책뿐이었다니. 책 외에 다른 것을 소원할 형편이 아니라는 것을 그런 상황에서도 알고 있었던 것이다.

"애한테 정이 있거들랑 기원이나 들이소."

쪽대문 밖으로 나서는 내 등에 할머니 목소리가 달라붙었다. 그랬는데 나는 준미를 잊고 살았다.

먼 시간을 지나 생소한 녹음실에서 그 목소리가 불현듯 떠올랐던 것이다. 준미. 내 입으로 불러 본 적 없는 이름이 내 심장 저 속에서 터져 나왔다. 오디오북을 만들려고 읽던 책의 주인공이 어쩌면 준미였는데, 나는 그걸 모르고 있었다. 모른 체하고 있었다. 실제 인물과 책 속의 등장인물 사이에는 어떤 거리가 있어야 하고, 그 거리를 통해서만 글은 써진다. 그 점을 알기에 나는 나 스스로와도 거리를 두고, 내가 겪은 시간과 장소와 사람과 감정, 그 모든 것에 거리를 둔다. 거리를 둘 뿐만 아니라 모든 것에 적절한 환상과 설정을 입힌다. 내가 감당할 수 있을 정도의 상황이 필요한 것이다. 하지만 어떤 이름은 이름을 바꿔서라도 끝내 생생한 자기 목소리를 드러내고야 만다. 준미는 먼 시간을 건너 낯선 녹음실에서 자기 목소리를 드러냈던 것이다.

준미네 옆방에 살던 여자를 만난 적이 있다. 큰 도로에 있던 공장 자리에 들어선 대형 쇼핑몰에서였다. 여자와 나는 각자의 카트를 밀고 가다가 마주쳤다. 우리는 서로를 보면서 알은체를 해야 하나 말아야 하나 잠시 망설였던 것 같다. 이번에는 내가 먼저 인사를 건넸다. 그러자 여자가 인사를 받았다.

여자는 말도 없이 이사 가서 미안하게 생각한다고 말했다. 그러면서 내가 아직 그곳에 살고 있는지 물었다. 여자의 질문은 내가 여태 그 집에 살지 않으리라는 것을 알고 하는 거였다. 그 동네의 세입자들은 한 집에 오래 사는 게 드물다. 더욱이 아직 젊은 사람들은 그 동네를 잠시 머물러 가는 정도로 여기기 마련이다. 나는 이사한 지 좀 되었다고 말했다. 그 여자는 그럴 줄 알았다는 듯 고개를 끄덕였다.

그 여자와 나는 이런저런 이야기를 주고받았다. 준미 이야기는 꺼내지 않았다. 준미네 일은 없던 일처럼 서로 피하고 있었다. 헤어져야 할 순간에 여자가 불쑥 물었다.

"준미는 잘 있지요?"

여자는 내가 준미네와 연락이 닿는다고 생각한 걸까? 왜 그렇게 여기고 있었는지 모르겠다는 생각이 순간 들었다. 한발 늦게 내가 준미를 위해 책 읽기를 녹음한다고 했던 말을 여자가 염두에 두고 있어서 나온 말이라는 생각이 찾아왔다. 나는 어떻게 알려야 할지 머뭇거리다가 말했다.

"준미네도 이사 갔어요."

한 걸음 앞서던 여자가 멈춰 섰다. 그리고 다음 순간 풀썩 주저앉았다. 카트 손잡이를 잡은 채 두 팔을 밧줄처럼 늘어트리고 주저앉아 흐느꼈다.

그날 이후 나는 그 여자를 다시 만나지 못했고, 준미도 잊고 살았다. 먼 시간을 건너 녹음실에 혼자 앉아서야 준미가 마지막까지 끌어안고 있던 건 한 권의 책이 아니라 사람이었다는 생각을 하게 되었다.

．

예기치 못한 순간에 인물이 찾아올 때가 있다. 준미는 내가 오디오 북 녹음에 집중하고 있던 어느 날 찾아왔다. 여느 인물들처럼 조용히 다가온 게 아니라 던지듯이 감정을 드러냈다. 준미가 불쑥 드러낸 감정 에 휩싸여 나는 하던 일을 멈췄다.

나와 준미의 시간은 아주 짧고 형식적이어서 준미가 책을 좋아했다 는 것 외에 아는 게 없다. 마음에 무엇을 품고 살았는지, 마지막 순간까 지 놓치고 싶어 하지 않은 게 무엇이었을지. 나는 준미가 아마도 책을 좋아했을 거라고 막연하게 생각해 왔다.

그런데 그날 녹음실에서 불쑥 알아차렸다. 오랜 시간이 지난 후 갑 자기 알아차린 준미 마음 때문에 당황했다. 준미는 알리고 싶었는지 모른다. 나를 통해 옆방에 살던 그 여자에게 고맙다는 말을 전하고 싶 었는지 모른다. 계속 살펴 주지 못해 죄책감에 시달리던 여자에게 준 미는 함께한 시간을 간직하고 있다고 전하고 싶었는지 모른다.

오랜 시간이 지나 느닷없이 깨닫게 된 그 두 사람의 마음을 나는 이야기 할 수밖에 없었다. 그런 마음들 속에서 우리가 살아간다는 것을 잊지 않으 려 한다.

박영란 그동안 펴낸 책으로 『나로 만든 집』 『가짜 인간』 『안의 가방』 『게스트하우스 Q』 『쉿, 고요히』 『편의점 가는 기분』 등이 있다.

극복하고 싶지 않아

초판 3쇄 발행 2024년 5월 30일

글 김혜정 문이소 박영란 박하령 황유미
펴낸이 정혜숙   **펴낸곳** 마음이음

책임편집 여은영   **디자인** 김세라
등록 2016년 4월 5일(제2016-000005호)
주소 03925 서울시 마포구 월드컵북로 402, 9층 917A호(상암동 KGIT센터)
전화 070-7570-8869   **전자우편** ieum2016@hanmail.net   **팩스** 0505-333-8869
블로그 https://blog.naver.com/ieum2018

ISBN 979-11-92183-26-8 43810
        979-11-960132-5-7 (세트)

ⓒ 김혜정 문이소 박영란 박하령 황유미, 2022
이 책의 내용은 저작권법의 보호를 받는 저작물이므로 무단전재와 복제를 금합니다.
책값은 뒤표지에 있습니다.